フォークナーのインターテクスチュアリティ

地方、国家、世界

田中敬子

松籟社

【目次】　フォークナーのインターテクスチュアリティ——地方、国家、世界

はじめに　7

第一章　フォークナーのフランス――芸術、父権制、植民地……15

1．はじめに　15
2．初期の詩、ニューオーリンズ、そしてパリ　17
3．『これら十三篇』のフランス　25
4．オールド・フレンチマン屋敷とサトペン屋敷　31
5．フォークナーとフィッツジェラルドとフランス　42

第二章　『村』――パロディを超えて……59

1．はじめに　59
2．『村』がパロディ化するもの　62
3．パロディの行き着くところ　75

第三章　『行け、モーセ』の混沌――名前、系図、父権……87
1．はじめに　87
2．アイザック・マッキャスリンの系譜　93
3．人種と階級　106
4．南部からアメリカ合衆国、そして世界へ　115

第四章　記憶の形と継承――『尼僧への鎮魂歌』……123
1．はじめに　123
2．手紙と署名　127
3．公的記録と芸術家　133
4．フォークナーと出版社　142

第五章 『寓話』と越境……**155**
1．はじめに 155
2．軍隊と群衆 158
3．『これら十三篇』の第一次世界大戦と『寓話』 162
4．混沌と化すテクスト 166
5．喪の形 179

参考文献 187

あとがき 199

索引 213

フォークナーのインターテクスチュアリティ——地方、国家、世界

はじめに

ウィリアム・フォークナー（1897-1962）は二〇世紀アメリカ文学の代表的作家の一人で、一九四九年度ノーベル文学賞受賞者でもある。彼はアメリカ南部に生まれ、南部の歴史、奴隷制や人種混淆をめぐる小説を多く書いた。人種問題、さらにそれに付随する父権制社会やジェンダーのテーマは、二一世紀社会でもますます重要である。フォークナーは最初『響きと怒り』（1929）など、モダニズムを代表する難解な小説で有名になったが、存命中はアメリカ南部の特殊性を描く作家として扱われることも多かった。しかし「人は生き延びる」（*ESPL* 120）というノーベル賞受賞演説でも明らかなとおり、有名になるに従って、地方性を超えて人間の普遍的な価値を伝える作家として喧伝されるようにもなる。彼が一九五五年、アメリカ国務省の要請を受けて来日した際には、フォークナーはアメリカ南北戦争で敗北した側の人間として、米国に敗れた日本国民の感情を理解できる作家、という立場を取れる利点もあった(1)。

このフォークナーの地方性と普遍性は、第二次世界大戦後の冷戦時代に政治的に利用されたとはいえ、早くから彼の作品に存在している。本書第一章「フォークナーとフランス」では、フォークナーが創作過程で、個人と地方共同体、国家、さらに世界との関係について、「フランス」を一つの媒介としながら考えを発展させていったことを、作品全般から明らかにする。

フォークナーは南部作家としてのイメージが強いが、年代的に彼は、アメリカのいわゆる「失われた世代《ロスト・ジェネレーション》」に属し、若い頃、短期間ではあるが、ヘミングウェイやフィッツジェラルド、ドス・パソスらと同様、フランスに滞在したこともあった。フランスは西洋文化の中心地であるとともに、植民地を抱える帝国主義国家でもある。フランス文学や実際のフランス滞在、そして過去にはフランス領であったニューオーリンズでの体験を通して、フォークナーは早くからアメリカ南部や合衆国を、西欧帝国主義国家フランスとも比較して考えるようになっている。よって第一章は、必ずしも南部に限定されないフォークナーの土地感覚――南部の地方共同体をアメリカ合衆国、そして西欧帝国主義国家との関係で見る――を、フォークナーの作品群とフランスの関係から検証する。

さらに一章の最後では、フォークナーのフランスを、同時代作家F・スコット・フィッツジェラルドの『夜はやさし』(1934)と比較して、彼らがフランスとアメリカ合衆国の間に共通して見いだしたものを検討する。この二人は、フィッツジェラルドがフォークナーよりちょうど一年早く生まれているというだけで(フィッツジェラルドは一八九六年九月二四日生まれ、フォークナーは一八九七年九月二五日生まれ)、交流があったわけではない。ミネソタ州セント・ポール生まれ、プリンストン大学を経て一九二〇年代にはニューヨークでジャズ・エイジを代表する流行作家となったフィッツジェラルドの作風は、フォークナーとは異質である。しかし彼らはともに第一次世界大戦後のフランスで、二〇世紀アメリカ合衆国が、西欧帝国主義国家と共通に抱える問題に気づいている。

一方、本書の二～五章はそれぞれ各章で、フォークナーの小説『村』(1940)、『行け、モーセ』(1942)、『尼僧への鎮魂歌』(1951)、『寓話』(1954)を取り上げる。拙著『フォークナーの前期作品研究――身体と言語』(二〇〇二)では題名の通り、フォークナーの初期詩集から一九三二年の『サンクチュアリ』までの前期作品を取り上げて身体、性と言語の関係を論じた。その際フォークナーの作家人生における中期を、人種混淆や南部奴隷制の問題に本格的に取り組んだ『八月の光』(1932)から『行け、モーセ』までとし、後期をそれ以降としている。この区分に従えば、本書は第二章で論じる『村』と三章の『行け、モーセ』でフォークナーの中期、そして四章の『尼僧への鎮魂歌』と五章の『寓話』で後期作品を扱っている。第二次世界大戦後から冷戦時代にわたる後期は、フォークナーが、自らの公人としての立場や国家権力の問題を否応なしに考えねばならなかった時期である。

二章の『村』では、二〇世紀初頭のアメリカ南部社会が農本主義から新南部経済へ徐々に移行する中、のし上がっていく貧乏白人《プア・ホワイト》スノープス一族を論じる。彼らの生き様には、『響きと怒り』の名門コンプソン家をパロディ化したような図太さがあり、その強欲は諸悪の根源とされる。しかしスノープスたちは人びとの欲望につけ込むのに長けているだけで、彼らだけが社会の変化に責任があるわけではない。『村』は南部ヒューモア的な喜劇を装いつつ、南北戦争敗北後、拝金主義以外の目標が定まらぬ社会の虚無を内包している。三章は『行け、モーセ』で、南北戦争終結直後に生まれた主人公アイザック・マッキャスリンが、南部荘園の継承を巡って奴隷制、人種問題とどう向き合うかをたどる。さらに森林破壊を加速させる産業社会や間近に迫った第二次世界大戦への彼の対処についても、南部ばかりでなく合衆国の問題として検討する。

四章の『尼僧への鎮魂歌』では、父権社会の法制度に対する女性たちの疑問、抵抗を論じる。また、大恐慌時の合衆国政府による公共政策に懐疑的だったフォークナーが、一九三〇年代後半に政府主導で行われていた郵便局壁画運動に対する皮肉を、作品中に書き込んでいることも指摘する。彼は作家、画家に限らず、芸術家が政府の命令に従って働くことを是としない。もっとも第二次世界大戦中、アメリカの主要出版社と合衆国政府が戦争遂行のために密接な協力関係にあったことに関して、フォークナーはとくに意見を述べていない。第二次大戦中、アメリカ兵たちに供された軍用文庫（Armed Services Editions）には彼の短編集も収められている。この章では、戦後『ポータブル・フォークナー』を出版してフォークナー人気の火付け役となったといわれるヴァイキング社について、ローズヴェルト大統領統治下での役割も簡単に紹介する。第五章の『寓話』では、戦争や軍隊の非人間性について語り手が執念深く語るにもかかわらず、言語表現が極端に貧しい、または反対に言葉だけが増殖して迷走する状況を論じる。『寓話』でフォークナーは何をめざしているのか。

本書では、『八月の光』や『アブサロム、アブサロム！』(1936) といった、中期で最も重要といわれる作品それ自体は論じていない。これら二作についてはすでに多くの優れた評論があり、ここでは比較的取り上げられることが少ない作品を選んだ。ただし、本書で扱うフォークナーの小説では、『村』が『響きと怒り』をパロディ化したり、『八月の光』の最後にわずかに登場するギャヴィン・スティーヴンズが再び『行け、モーセ』最後に登場して、『尼僧への鎮魂歌』ではより重要な役を演じるなど、旧作を解体、または応用する仕掛けも多い。よって本書第二章から五章も、かならずしも個々の作品論には収まりきらない。一つの小説で重用されるイメージや登場人物、テーマは、しばしばその後のテクストでパロディ化、もしくは複雑化し、問題が増幅される。フォークナーの作品を論じることは、そのインターテクスチュアリティ（間テクスト性）を論じることになる。

主に南部の「ヨクナパトーファ郡」を舞台とする彼の小説で、作品間のつながりを示すインターテクスチュアリティは、すでに常識ではある。しかしフォークナーが以前の作品に登場した人物を新しい作品に再登場させるとき、その人物は前とはまた違う側面を見せるし、新たな作品誕生によってヨクナパトーファ全体の世界も、そのたびに変化する。さらにフォークナーのインターテクスチュアリティでは、別々の小説に登場した人物たちが、表面上は無関係でも、何らかの縁で結びつき、個々の小説を超えて問題を継承していくこともある。

南部父権制社会が生涯の大きなテーマの一つだったフォークナーにとって、父と息子のテーマは欠かせないが、中後期作品においては、母と子の関係や、人種を越えた女性同士の連帯も以前より意識されている。『行け、モーセ』で黒人女性モリー・ビーチャムは、死刑となった孫の葬式を出すことを主張し、乳兄弟であった白人女性がその実現のために仲介する。『尼僧への鎮魂歌』では、白人のテンプル・ドレイク・スティーヴンズと彼女の赤ん坊を殺した黒人家政婦ナンシー・マニゴーが和解する可能性は、ほとんどない。しかし前期の短編「あの夕陽」(1931)で、幼いキャディ・コンプソンが恐怖におびえるナンシーに示した無邪気な冷淡さは、『尼僧への鎮魂歌』で、身ごもった赤ん坊を失った過去を持つナンシーの悲しみを理解するテンプルの言葉によって、償われる。また『寓話』では、息子である伍長を処刑する大将軍に対し、伍長の妹は彼の遺体を引き取って弔う。さらに、息子の戦死に衝撃を受け、ヴェルダンの地下から引き出された無名兵士の遺体を息子と信じて連れ帰る一人の母親もいる。『寓話』でキリストに擬せられる伍長ばかりでなく、『響きと怒り』でイエス・キリストを何度も思い浮かべるクエンティン・コンプソン、『行け、モーセ』で大工を職業に選ぶアイザック・マッキャスリンなど、フォークナー作品には自らをキリストになぞらえようとする男性主人公がいる。しかしフォークナーの中後期作品には、モリー・ビーチャムなど、ピエタ像と比べられる母もわずかながら、散見される。男性主人公はこの世を救済しようとして挫折し、亡骸を母に抱かれて慰められたいのか、それとも社会に刃向かって処刑される無頼漢、または国民から死を悼まれる英雄として、葬列が町を巡るのか。フォークナー作品の男性主人公はいずれかの道をたどりがちだが、『行け、モーセ』や『寓話』は、彼らが断罪または賛美される両方の例を示して、個人と家族、地域共同体、さらに国との関係を照射する。

二一世紀のフォークナー研究は、それまでの文化批評、ジェンダー批評、ポストモダニズム、ポストコロニアリズム批評などがそれぞれ成果を示して、さまざまなアプローチがとられている。冷戦時代のアメリカ政治と結びついてフォークナー称揚に貢献したと言われる新批評（ニュークリティシズム）から始まり、現在は、世界の南北問題を論じるポストコロニアリズムや世界文学からみたフォークナーなど、百花繚乱のアプローチがある中、本書は基本的に、個々の作品の精読とフォークナーのインターテクスチュアリティを検証する古風な研究スタイルをとっている。とはいえポストコロニアリズムやジェンダー論は、フォークナーと地方共同体、国家、世界の関係を論じる本書でも欠かせないし、第四章の『尼僧への鎮魂歌』では合衆国の政策や出版社の戦争協力など、文学テクスト以外のことにも言及している。しかし、さまざまな批評や思想のめまぐるしい興隆にも耐えてどうやら生き残っている彼の作品は、現在でも言葉、テクストそのものから常に再検証する余地がある。フォークナー自身、南部と合衆国、さらに世界との関係については、日々の暮らしやフランスでの見聞だけで理解したというより、フランス文学への憧憬と模倣、故郷の人びとについて書く創作行為のなかで、地方の独自性とともに合衆国、世界との共通点を発見していったのではないか。

本書で取り上げる作品には、『響きと怒り』の意識の流れ風のモノローグや、『アブサロム、アブサロム！』のクエンティン・コンプソンやローザ・コールドフィールドその他の登場人物たちによる重層的な語りは、それほど見当たらない。しかし第三者の語り手がフレンチマンズ・ベンドの起源を説きおこすところから始まる『村』をはじめ、ここで取り上げるフォークナーの中後期作品はすべて、先に挙げた二作品の革新的と言われる語りに劣らず複雑である。『アブサロム、アブサロム！』の語りには詩的、メタファー（隠喩）的要素が多いが、『村』以降の語りは、表層をなぞることに徹したり、または部分で全体を示すメトニミー（換喩）的表現を多用して、描く対象との間の超えられない距離を暗示する。それらは時にはグロテスクな風刺画のような効果を生み、時にはいつまでも核心にたどり着かない焦燥感を読者に感じさせる。『アブサロム、アブサロム！』に見られるような、語ることによって真実に迫ることができるかもしれない、という希望を持った主人公たちは退場した。本書で扱う作品の語り手たちは、『村』のように南部ヒューモア的であれ、『寓話』のように黙示録的であれ、語ることとはマクベスの言う「響きと怒り」でしかない可能性に気づいている。にもかかわらず、彼らも語りを止められない。

批評家アルフレッド・ケイジンは一九五七年に、アルベール・カミュがフォークナーの小説に南部の「埃と暑気」を強烈に感じたことを引用して、アメリカ作家の特徴は「場所の感覚」(Kazin 139)であると述べている。確かにフォークナーは南部という場所を強烈に感じさせる作家だが、『寓話』では、個人の声や生活の場がかき消されるのっぺらぼうの「戦場」で、言語表現が塵芥のような虚しさに行き着く可能性も明らかになる。そこには、書くことの絶望感も漂うが、それを表現するのも文学である。フォークナーが、故郷南部というローカルな場所と人びとを管理統制する国家、さらに弱者支配や搾取が拡大されていく世界、と視野を縦横に伸縮させながら書き継ぐのは、究極的には人間の尊厳を巡るテーマである。彼がそれに言語でどこまで迫ることができたか、以下、検証したい。

注

(1) フォークナーが来日を機会に書いた「日本の若者たちへ」参照("To the Youth of Japan," *ESPL* 82-85)。

第一章

フォークナーのフランス
——芸術、父権制、植民地

1. はじめに

ウィリアム・フォークナーは、おもに一九世紀から約一世紀半にわたるアメリカ南部社会の人々の苦悩を描き、その主要作品の舞台となるヨクナパトーファ郡ジェファソンは、彼の故郷であるミシシッピ州の小さな町オクスフォードを模している。しかしここでは、一般に南部作家として知られるフォークナーにとって「フランス」がいかなる意味を持っていたかを考察する。フォークナーが作家として登場した一九二〇年代には、彼と同世代のアーネスト・ヘミングウェイ、F・スコット・フィッツジェラルドら多くのアメリカ人作家がフランスに行き、そこから影響を受け、また作品の舞台として活用した。フォークナーも一九二五年、四ヶ月近くフランスに滞在していた。フォークナー批評においてフランスというテーマは、一般のポストコロニアリズム研究の興隆と呼応して、ハイチなどフランス植民地の重要性が二一世紀に入って注目されるようになったが、全体としてはそれほど論じられない[1]。

フォークナーの著作では、生々しい土地感覚がある故郷南部の存在が決定的である。しかし彼の作品中のフランスは、若きフォークナーが作家として成長するのに一つの役割を果たし、その後も彼が南部社会を考える際の重要なイメージとなっている。廃屋の「オールド・フレンチマン屋敷」は彼が小説を書き始めてほどなく登場し、その後も何度か重要な場面で再登場する。また彼の最高傑作といわれる小説『アブサロム、アブサロム!』(1936)では、「フランス人建築家」がサトペン屋敷建設を指導する。『尼僧への鎮魂歌』(1951)では、この建築家やオールド・フレンチマン屋敷に関する新たな情報が提供される。さらに作家人生後期に約一〇年をかけて仕上げ、フォークナーが自分の「最高傑作(マグナムO)」(*FCF* 91)と述べた『寓話』(1954)は、主にフランスを舞台としている。

フランスはフォークナーにとってもアメリカにとっても、ヨーロッパ文明の優美な中心に見える。また一九三二年には、彼の短編「エミリーへの薔薇」(1930)がフランスで翻訳され、一九三九年にはジャン=ポール・サルトルが『響きと怒り』(1929)の時間論を書いたように(Sartre, "Time")、フランスはアメリカ合衆国よりもずっと早くに、彼の文学的才能を認めた国である。フォークナーはしかし、屈折した憧憬の中で、フランスを合わせ鏡のように使って自分の芸術家像や南部の姿を再発見した。フォークナーのフランスのイメージは、彼の作品世界が広がるにつれて、中心から周縁まで多様に変容する。人々を魅了する芸術の都を擁するフランスは、植民地を抱える帝国主義国家でもあった。フランスがフォークナーのテクストでどのように描かれているかをたどることで、彼にとってフランスが持つ意味、南部社会を解明する上でのその役割が明らかになる。以下、フォークナーの理想の芸術家像形成、また南部父権制社会や西洋帝国主義に対する彼の批判を跡付けるものとして、フォークナーが描くフランスの多様な意味を、彼の初期詩と短編、長編小説から時代を追って検討する。さらに本章の最終節では、彼がフランスを通して考えたことを、同世代作家F・スコット・フィッツジェラルドの小説『夜はやさし』（1934）のフランスと比較して確認する。

2．初期の詩、ニューオーリンズ、そしてパリ

2．1　初期の詩

フォークナーは詩を書き始めた当初、様々な種類の詩を模倣したが、ファウヌス（牧神）とニンフ、さらにピエロは彼の詩に登場する常連だった。彼の作品で最初に出版されたのは、一九一九年、雑誌『ニュー・リパブリック』に載った「牧神の午後」（*EPP* 39-40）という、マラルメの同タイトルを拝借した詩である。また翌年、彼がミシシッピ大学の新聞に載せた「ファントシュ（道化）」（*EPP* 57）その他数編の詩は、ヴェルレーヌの詩から翻案したものである。修業時代のフォークナーは、フランス象徴主義詩人のモチーフやイメージを臆面もなく借りていた。

もちろん彼が一九二〇年にミシシッピ大学の劇団のために書いた詩劇『操り人形』で、泉に映る自分の姿をのぞき込むヒロイン、マリエッタは、マラルメの『エロディアッド』（1871）ばかりでなくオスカー・ワイルドの『サロメ』（1893）のヒロインにも似ている。さらにフォークナーがこの詩劇の台

本に添えた挿絵は、ロタ一・ヘニッヒハウゼンが示したように、ピエロ、孔雀、庭園の噴水などの道具立てがビアズリーを思わせ、英国の一九世紀末芸術の影響が強い（Hönnighausen, *William* 参照）。また一九二六年、ヘレン・ベアードに捧げられた詩的なロマンス『メイデイ』は、皮肉な口調で語られてはいるが、アーサー王物語を思わせるような騎士が登場する。ミシシッピ大学の特別学生となったフォークナーは、英国風のダンディズムを気取る服装で人目をひき、「能なし伯爵」というあだ名がつけられていた。ダニエル・J・シンガルが指摘したように、フォークナーは最初、モダニズムよりも後期ヴィクトリア朝芸術の影響下にあったといえよう（Singal 49-50）。

しかし美術に限らず、A・C・スウィンバーンやA・E・ハウスマンら一九世紀後期英国詩人にも影響されていたからこそ、フォークナーはそこからの脱出の糸口として、英国ではなくフランス象徴主義詩人を意識した。さらにエズラ・パウンドを模して「キャセイ」（*EPP* 41）を書き、第一次世界大戦を背景とした「ライラック」でT・S・エリオットも取り込んで、モダニスト詩人に追いつく必要も感じていた。(2) 憂鬱で自己陶酔的な世紀末芸術のファウヌスと、言語表現の極限に挑むフランス象徴主義のファウヌス、さらにファウヌス同様、英国、フランス美術双方によく登場する物憂げな、または悪漢的なピエロ、そしてアンニュイや気取りを揶揄するエリオット的なピエロが、変化を交えながら初期フォークナー作品を出入りする。

フランス象徴主義詩は、詩人を目指すフォークナーにとって、自らを際立たせる道具の一つであった。しかし彼が特にフランス象徴主義詩や世紀末芸術に執着した理由の一つには、二〇世紀初頭、アメリカ南部にいて芸術家になりたいと志す者が直面した困難があげられる。フォークナーの曾祖父が南北戦争やその後の鉄道設立などで華やかな活躍をしたことによって、フォークナー家はひとかどの名門になった。その家を継いだ彼の父親マリー・カスバート・フォークナーは、希望する仕事に恵まれず事業の才能もあまりなかったが、詩人になりたい、などという息子の夢には全く理解を示さなかった。『土にまみれた旗』――一九二九年出版時の題名は『サートリス』で、元の原稿から削除された部分もあった――に登場するミス・ジェニーや『アブサロム、アブサロム！』のミス・ローザの語りが示すように、物語をするのは南部では伝統的に女の仕事である。南北戦争で男たちは勇敢に戦い、女がその武伝を物語る。南北戦争に参加するには生まれるのが遅すぎ、しかし第一次世界大戦にも参戦しなかったフォークナーにとって、南部社会にあって行動でなく、語る側につくことは、それだけで一つの負い目を感じさせられることだった。詩人や芸術家はアウトサイダーとなる運命の南部社会で作家を目ざすとき、フォークナーは芸術至上主義に身を固め、あえて挑戦的な態度で臨まざるをえなかった。

フォークナーはまた、芸術家としての自分を確立する上で南部ロマンスという伝統にも立ち向かわなければならなかった。南部で作家となること自体が難しいが、作家となると今度は、南部について美化された荘園体制や南北戦争など、南部が共有するロマンスを書くことが期待される。華やかなプランテーション屋敷を舞台とした南部ロマンスを書くならば、大衆読者の獲得も可能だった。南部ロマンスがフォークナーの時代にも廃れたわけではないことは、一九三六年、マーガレット・ミッチェルの『風と共に去りぬ』が大人気を博したことからもうかがえる。

つまりフォークナーは、南部で芸術家になることを決心したとき、男に行動や実利を期待する社会と伝統的な紋切り型南部ロマンス、という二つの敵と戦わねばならなかった。修行時代のフォークナーのフランス象徴詩志向は、懐古趣味の南部ロマンスを書くことを拒否し、社会と妥協しないと決心した芸術家の闘いの最初の形である。彼のフランス像はまず、孤立した芸術家のよりどころ、純粋芸術のシンボルとして登場する。

フランス象徴主義は、フォークナーが詩人から小説家へと転身していく過程で彼の作品から次第に姿を消す。しかし彼の最初の小説『兵士の報酬』(1926) では、ドナルド・マーンやジャヌアーリアス・ジョーンズなど、T・S・エリオットばかりでなくマラルメやヴェルレーヌを思わせるファウヌス的、またはピエロ的登場人物が跋扈しているし、一九三五年出版の『標識塔〈パイロン〉』に登場するレポーターなどにも、初期の詩を揶揄したようなイメージが使われる。(3) 若きフォークナーは、フランス象徴主義詩のファウヌスとA・E・ハウスマンにみられる英国の牧歌的叙情、さらに現実の南部田舎町や自身の内面的葛藤を融合しようとした。それは、労働者風の男が主人公でありながら、ニンフとファウヌスが丘で踊る幻が一瞬現れる、一九二二年に書かれたスケッチ「丘」(*EPP* 90-92) や、彼の詩集『大理石の牧神』(1924) からもうかがわれる。小説家として巣立ってからも、彼はそれまでに書いた詩を集大成した『緑の大枝』(1933) という詩集を出版して、初期イメージへの執着は残っている。

だがフォークナーが小説家としてのキャリアを意識するようになると、彼の目は、同じフランスでもフローベールやバルザックといった小説界の巨匠たちに向かう。フローベールの唯美主義的な影響は一九二五年初出のスケッチ「ニューオーリンズ」(*NOS* 3-4) や一九二七年出版の小説『蚊』にみられる。また『サンクチュアリ』(1931) のポパイの黒さや、『死の床に横たわりて』(1930) で棺に入ったアディの顔が傷つけられるブラック・ユーモア的なエピソードには『ボヴァリー夫人』の影響がある。(4)

さらにバルザックの『十三人組物語』(*Histoire des Treize*) や『農民』(*Les Paysans*) という小説のタイトルは、それぞれフォークナーの一九三一年の短編集『これら十三篇』(*These 13*) や、一九四〇年の小説『村』の第四部「農民たち」("The Peasants") で応用されている。バルザックが自分の作品中の登場人物を別の作品で再登場させる手法も、フォークナーは用いている。彼は後に、バルザックによる社会描写を「ミニチュア版の宇宙概念」(*FU* 232) と述べて賞賛しているが、それはフォークナーのヨクナパトーファ郡創造にも影響したであろう。

小説に目覚めたフォークナーにとって、フランス社会を広く活写するバルザックとフローベールという二人の大家は、刺激的な存在となる。もっとも若いころのフォークナーは、テオフィル・ゴーティエの『モーパン嬢』のような、標準のジェンダー概念から逸脱していく小説も好んだ (Millgate 300)。フローベールが言語表現に徹底的にこだわり、『ボヴァリー夫人』が裁判沙汰になっても作家として表現の正当性を主張したように、フォークナーが評価したフランスの作家は、あくまでも自分たちの芸術を貫いて社会と対峙する覚悟を持っていた。

2．2　ニューオーリンズからパリへ

早くからフランス文学に親しんでいたフォークナーだが、彼が実際にフランスの地を踏んだのは二八歳に近くなってからだった。一九二四年一一月に彼は、ヨーロッパへ行くつもりで出港地となるニューオーリンズへ赴いた。しかし最初の詩集『大理石の牧神』出版の詰めの作業があって、一度ミシシッピに帰る。そして翌年一月に再びニューオーリンズを訪れて七月まで過ごした後、その港からイタリアの

ジェノヴァへの船旅に出た。約半年のニューオーリンズ滞在で彼はシャーウッド・アンダソンをはじめ多くの芸術家たちと交流し、最初の小説『兵士の報酬』を執筆し、文芸誌『ダブル・ディーラー』や新聞『タイムズ・ピカユーン』に詩や文芸批評、散文を寄稿する機会も得た（*FB* 456-57）。フォークナーはパリ到着前に、この地でひとまず作家として出発したといえる。ヨーロッパへの出発が遅れたのは、彼がニューオーリンズで最初の小説『兵士の報酬』を仕上げることを優先したためである。しかし故郷オクスフォードで定職にほとんどつかず、変人と見なされてきたフォークナーにとって、ニューオーリンズとは、作家の卵として芸術家たちと普通につきあえる異文化的で開放的な空間であった。

一六八二年にフランスの探検家ラ・サールがミシシッピ川河口に到達して以来、ルイジアナでは一八世紀初頭からフランス人の定着が進んでいた。この地は一七六三年からはスペイン領となったのち、一八〇〇年に正式にフランスに譲渡されたが、ナポレオンは一八〇三年、このフランス領をアメリカ合衆国に売却してしまう。ナポレオンの決断には、奴隷の反乱などハイチ独立の機運も影響したといわれるが（風呂本 一〇）、ルイジアナという広大な領土を得たアメリカ合衆国は巨大化、西進運動に拍車がかかり、ジャクソン大統領の時代にはインディアンをミシシッピ河以西に追い払う国策（一八三〇年）も明確になった。ニューオーリンズの町は南北戦争前には奴隷市場として栄えたが、フランスやスペインなど、アングロサクソンとは異質な文化も育んできた。しかもフランス文化とはいえ洗練されたパリとは異なり、もっと猥雑で、クレオールなど異人種混淆的な側面も渡仏以前のフォークナーに示した。

フォークナーは一九二五年、『ダブル・ディーラー』に掲載された散文スケッチ「ニューオーリンズ」でこの町を年増の娼婦にたとえてみせ（*NOS* 13-14）、いかにも物慣れた態度を装っている。しかしこの作品を含めて後に『ニューオーリンズ・スケッチズ』(1958)として出版された短編集で彼が描いたような、ラム酒やアフリカの匂いが直接感じられ、娼婦も日常に当たり前にいる町は、ミシシッピの小さな町出身の青年にとっては、雰囲気が全く異なる都会であっただろう。

もちろんフォークナーは、短期間ではあるが一九二一年、ニューヨークに行ってダブルデイ書店のアルバイトをしたこともあり、当時ハーレムルネッサンスも花開いた大都会ニューヨークの喧噪を知らないわけではなかった。(ダブルデイで彼の上司となったエリザベス・プロールがシャーウッド・アンダソンと結婚してニューオーリンズにいたので、フォークナーは一九二四年にアンダソン夫妻を訪問し、翌年一月には彼女を頼ってここで生活するようになった。)しかしフォークナーの故郷と同じ南部にありながら、社会における黒人の、さらに性愛の開放度が高いニューオーリンズは、より衝撃的である。またアンダソンや画家ビル・スプラトリングとの交流ばかりでなく、東部に対抗して南部文化を再び活発にしようと意気込む文芸誌『ダブル・ディーラー』の存在は、ニューオーリンズ独自の地域文化をフォークナーに教えた。ただし、彼の二番目の小説『蚊』や、中期の『標識塔〈パイロン〉』、『野性の棕櫚』(1939)が示すとおり、この都会は商業的成功と芸術のせめぎ合いの場ともなる。これらのことを学んだ上で、フォークナーは一九二五年七月、ようやくヨーロッパに向かった。

それでは、実際にフランスへ旅したフォークナーは、フランスで何をし、この国をどう見たのか。フォークナーがパリ滞在中、故郷に宛てた手紙によれば、彼は美術館に通い、ヴェルサイユ宮殿を見物し、オスカー・ワイルドの墓に詣でた。短編を執筆し、長編『蚊』や『エルマー』(1983)も書き始めた。リュクサンブール公園を散歩し、都会に飽きると地方を歩き回り、第一次世界大戦の傷跡も目の当たりにした（*FB* 451-69）。しかし彼は、ジェームズ・ジョイスをカフェで見かけただけで満足し、声をかけることもなかった（*FU* 58）。パリまで同行した友人ビル・スプラトリングとともに、モダニストたちがよく通った「シェイクスピア&カンパニー」書店も訪れたが、有名な店主シルヴィア・ビーチに会うことはなく、またガートルード・スタインのサロンに行くこともなかった。

フォークナーもヘミングウェイと同じく『ダブル・ディーラー』誌に詩が掲載され、二人とも最初の小説を一年違いでボーニ・アンド・リヴライト社から出版したことを考えれば、(5) フォークナーもヘミングウェイ同様、スタインのサロンに出入りしてもよさそうなものである。しかし彼はひげを生やし、一人ひっそりとボヘミアン的な生活をする方を好んだ。故郷への手紙ではファウヌスを模した自分の似顔絵を描いているが（*FB* 461）、過去一〇年に渡りパリを席巻していたディアギレフ率いるロシア・バレエが、ファウヌスやピエロをたびたび舞台で表現しているのに興味を持った様子もない。(6) ニューオーリンズでフォークナーはアンダソンたちを相手に、頭に傷を負った第一次世界大戦飛行士や南部の若者、といった役を演じていたが、パリでは自分の世界にこもり、それを楽しんでいた。

フォークナーのフランス滞在は、他の芸術家たちとジャンルや国籍を超えた交流をし、さらに出版界と有利なつながりを作る、といった具体的成果をめざしてはいなかった。また、パリで画家修行をする主人公を描いた小説『エルマー』は、結局、完成しなかった。しかし孤独な観察者であることを楽しんだフォークナーのフランス体験は、彼の創作に直接、または間接に生かされている。第三節では、一九三一年出版の短編集『これら十三篇』にみられるフランスを検討する。

3．『これら十三篇』のフランス

『これら十三篇』は、小説『響きと怒り』(1929)、『死の床に横たわりて』(1930)、そして『サンクチュアリ』が同じ一九三一年に世に出た後に出版された。集められた短編は、以前に雑誌に掲載された、または拒否されたものもあるが、全体としてこの時点におけるフォークナーの確かな力量を示している。三部構成という配置には、個々の作品とは別に、個人と地方、及び世界との関係性を考えさせる構成上の意図が見え、フォークナーのフランス像も、この短編集ですでに基本的な特徴が明らかになっている。

3．1　第一次世界大戦に関する話

第一部に納められている第一次世界大戦に関する物語は、フランスの村を舞台にしたものが多い。しかしそれらは、明らかにその地が特定されるような風土的特徴を備えているというより、英国軍にとって戦闘が行われる異国の地、として距離を置いた描写がされている。また「星までも」では、主人公である英国空軍パイロットたちは英国出身ではなく、アメリカ南部出身者やアイルランド出身のアメリカ移民、またはインド人で、捕虜となったドイツ人飛行士も加えると、彼らは大英帝国に対して皆マイノリティである。ここに登場するアメリカ南部出身のジョン・サートリスは、同じ第一部の短編「みんな死んでしまった飛行士たち」で大叔母アーント・ジェニーから手紙を受け取り、この戦争にはヤンキーが参加していて「私たちの〔戦争〕ではないのだから」(CS 531) 早く帰っておいで、といわれている。

休戦が決まった日、異国であるフランスの村で痛飲して馬鹿騒ぎする飛行士たちは、村人たちから白い目で見られている。休戦日に地上に降りた彼らは、英国空軍のエリート飛行士という栄光も薄れたマイノリティの漂流者であり、村人たちからすれば秩序を乱すよそ者でしかない。フォークナーはアメリカ人旅行者としてイタリアのジェノヴァからパリまで北上し、パリ滞在中も地方へ何度か出かけた。『これら十三篇』でイタリアの村が舞台となる「ミストラル」のように、旅の途上で自分が異邦人であることを意識させられたこともあっただろう（フランス人は丁寧だが、「親切」[*FB* 467] ではない、と彼は手紙に書いている）。はみ出し者やよそ者を警戒する共同体の視線を、フォークナーは故郷でも経験済みである。一方、フランス滞在中彼は多くの傷痍軍人を目撃し、地方の戦場跡も訪れている（*FB* 460, 468-69）。彼にとってフランスは、第一次世界大戦の爪痕を体感し、個人とその故郷、祖国、さらに世界との関係を多角的に考えるのに重要であった。

フォークナーはパリで、それなりに居心地良く貧乏作家を気どることができた。しかし第一次世界大戦では英国空軍パイロットになり損ね、パリでは様々な国籍の芸術家たちが出入りするスタインのサロンと無縁に過ごしたフォークナーは、自らのアイデンティティを少数のエリート集団に重ねてはいない。彼は「星までも」や「みんな死んでしまった飛行士たち」で、英国への所属意識が薄い孤独な飛行士たちを中心にしつつ、彼らとは疎遠なフランスの村、もしくは生活の糧として彼らを利用する術を心得た村人も淡々と描いた。それは戦いが一大陸を超えて世界戦争となる時代の、国家の栄光とマイノリティの個人、さらに国籍がまちまちな兵士たちと戦時下の地方共同体との希薄な関係を示している。

フォークナーはまた、フランス植民地の黒人たちが戦場でたどった運命に鈍感ではなかった。『これら十三篇』第一部の「亀裂〈クレヴァス〉」では、大戦中、毒ガスでとどめを刺されて落命したセネガル兵たちの白骨化した遺体がでてくる。フランスの植民地から徴兵されて大戦に参加したセネガル兵は、戦死者の数が多かったことでも知られる。帝国主義的フランスはさらに、『これら十三篇』第二部の「紅葉」に登場するフランス人山師としても、その片鱗を見せる。ただ「亀裂〈クレヴァス〉」のセネガル兵や「紅葉」でチカソー族に黒人奴隷売買を教えたシュヴァリエ・スール＝ブロンド・ド・ヴィトリについては第五章の『寓話』で改めて言及するので、ここでは主に『これら十三篇』の最後を飾る短編「カルカソンヌ」を「紅葉」とからめて検討する。

3．2　「カルカソンヌ」と「紅葉」

「カルカソンヌ」の主人公は、プエルトリコのリンコンという町にいる浮浪者で詩人だが、生きているのか死んでいるのかも定かでない状態で、騎士として馬に乗って天翔る幻想を見ている。もとスペイン領、そして一八九八年の米西戦争以来アメリカ合衆国の管轄領になったプエルトリコで、スタンダード石油が所有する食堂の屋根裏部屋に黒いタール紙にくるまって寝ている男は、フランスの十字軍騎士を夢見ている。また彼は、海の洞窟に横たわる骨となった自分を幻視するが、それは『響きと怒り』で自殺をしようとしているクエンティン・コンプソンが海底の洞窟の幻想を見るのに通じる（*CS* 897, *SF* 90）。

それにしてもこの幻想的な詩的散文はなぜ「カルカソンヌ」と題されているのだろう。ブロットナーは、フォークナーがパリ滞在中に母に書き送った手紙（*SL* 20）のなかで、自分にもわけがわからない幻想的な詩を書いたと述べていることから、「カルカソンヌ」がフランスで書かれた可能性を暗示している。(7) フォークナーは、イタリアのジェノヴァで船を下りた後、ミラノからスイス経由で北上してパリへ入っており、実際に南仏のカルカソンヌへ行った可能性は低い。しかしこの短編には、見果てぬ夢を追いかける貧乏芸術家の幻想的な高揚感が顕著である。

カルカソンヌは城塞都市として古代ローマ時代からすでに有名であり、中世には十字軍もここで活躍した。主人公の浮浪者は、第一次十字軍でエルサレム侵攻を果たした騎士として有名だったゴドフロワ・ド・ブイヨンやタンクレッドに言及している。ただし主人公の浮浪者詩人は、正確には十字軍の騎士より騎士が乗る馬、サラセンに真二つに切られてもそれに気づかないまま翔ていく、ペガサスのような馬にもっと惹かれている。ペガサスは、ペルセウスによるメデューサ退治の際に、首を切断されたメデューサの死体から飛び出してきたという説がある（グレイヴズ　一八七）。とすれば、海底の屍となった自分と対話する浮浪者には、メデューサのようにおぞましい、ジュリア・クリステヴァのいう「アブジェクト」な身体と、そこから詩的言語を通じて理想へ上り詰める芸術家魂の二項対立の緊張がある。

またこの詩人が挑む相手は、限りある生や肉体だけではない。西洋文明の柱としてキリスト教を絶対化し、イスラム諸国を野蛮とみなした十字軍の精神は、後の西洋列強諸国が引き継いだ。さらにカルカソンヌに関して有名なのは、ゴドフロワたちより一世紀以上のちに、この地方のキリスト教徒一派で異端とされたカタリ派（アルビ派ともいう）を追放したアルビジョワ十字軍である。アルビジョワ十字軍は、キリスト教徒であってもカタリ派のように異端とされた宗派は、徹底的に迫害する。大和田英子が指摘したように、十字軍もアメリカ合衆国形成に寄与したキリスト教新教徒も、正義は自分たちの側にあると信じて反対者たちを制圧した（Owada, "History" 128-30）。詩人は、そのような正義を振りかざす西洋文明の中で、瀕死状態にある。

米西戦争以来、帝国主義的性格をあらわにしたアメリカ合衆国統治下のプエルトリコで、スタンダード石油会社が有する食堂の屋根裏部屋に住まわせてもらっている浮浪者は、西洋文明がたどり着いた資本主義社会の敗残者である。しかし働かない白人は詩人にちがいない、と決めつけてくれる金持ち夫人のおかげで、彼はお情けを受けている。もし彼が黒人であれば、とっくに追い出されているだろう。芸術は、帝国主義の余暇が生み出した慰み事とみなされているのかもしれない。浮浪者詩人が難攻不落といわれた城塞都市カルカソンヌに託して見る夢は、西洋帝国主義にも資本主義にも、また地上の肉体にも束縛されない芸術の夢だろうか？

「カルカソンヌ」は一応、資本主義社会で居場所がない貧しい芸術家が、言語芸術の理想を詩的幻想として綴った散文詩として読める。浮浪者詩人が寝るときに使うタール紙は、朝に丸められると、年老いた女性の眼鏡に似ているが、同時にそのタール紙の寝床は、夜ごと彼が壮大な夢を見るときの眼鏡にもたとえられている。[8] 一方、同じ『これら十三篇』の「紅葉」で、逃亡中の黒人奴隷は、チカソー族の主人イッシティベハーがパリ土産にくれた片方だけの鼻眼鏡を、お守りとして大事に身につけている。[9] お守りとして彼にはもう一つ、沼マムシの頭蓋骨があるが、こちらがアフリカ生まれの男にとって伝統のお守りだとすると、鼻眼鏡は、彼が主人を通じて知った西洋文明のお守りである。

「紅葉」でチカソー族が使う黒人奴隷は、酋長イッシティベハーの父イケモタビーが、ニューオーリンズで知り合ったフランス人ド・ヴィトリを通じて持ち込んだものである。[10] ここに登場する黒人奴隷と「カルカソンヌ」の白人浮浪者詩人は、全く関係がなさそうである。主人イッシティベハーのための殉死から必死に逃げる奴隷が、中世の騎士や天駆ける馬の夢を見るわけではない。しかし白人浮浪者も海底に沈む骨と化した自分と対話して、死を間近に感じている。「紅葉」で死の恐怖におびえる黒人奴隷は、隠れていた小屋で鼠の駆ける足音を聞くが（CS 330）、ノエル・ポークが指摘するように（Polk, "William" 40）「カルカソンヌ」でも、浮浪者詩人が屋根裏部屋で鼠の足音を聞いている（CS 898）。鼠の足音は死の前触れである。アフリカから奴隷として運ばれた黒人は、大西洋のミドル・パッセージ（航海中に死んだ黒人たちが海に投げ入れられたという）を通ってきたことを思い起こしつつ南部の森を逃げる。この黒人奴隷と、プエルトリコのアメリカ系石油会社所有の屋根裏部屋で、海底の骨となる自分を想像する白人浮浪者は、藤平育子が指摘するように、ともに帝国主義の犠牲者である。[11] 南仏の城塞都市カルカソンヌの十字軍や、アメリカ合衆国のスタンダード石油会社は、西洋文明の光と影を示唆する。そしてフォークナーにとって、それを明らかに映し出してくれるのはパリ土産の眼鏡なのかもしれない。

『これら十三篇』はすでに書かれた短編を集めたものであるが、フォークナーは綿密な三部構成でそれらを配置した。第一部は第一次世界大戦の話、第二部は南部の町ジェファソンとそれ以前のネイティヴ・アメリカンの話、そして第三部はヨーロッパ、またはもっと曖昧な幻想的空間の話だが、すでに見たように各部にフランスが様々な形で登場している。第一部ではフランスの戦線を主な舞台として、漂流者となった個人と祖国の葛藤、または個人と世界の希薄な関係があり、さらに第二部の「紅葉」の逃亡奴隷と第三部の「カルカソンヌ」の白人浮浪者（彼らも漂流者である）には「眼鏡」のイメージを通して密かな共通性がある。そして第一部の「亀裂〈クレヴァス〉」では、負傷して錯乱気味の英国兵が、戦地フランスで白骨化したセネガル兵を前に「俺は死んじゃいない」（*CS* 472）と繰り返す。それは「紅葉」で、亡くなった酋長のために殉死する場に引き出され、錯乱する黒人奴隷の感情とも呼応する。白人と黒人がそれぞれ、死の恐怖を前に同様の反応を見せる。三部全体で、「フランス」をゆるやかな媒介として弱者としての白人と黒人はつながり、または交換可能になる時がある。[12] フォークナーはすでに一九二七年ホレス・リヴライトに、故郷の人びとについての短編集を出したい、と述べていて（*FB* 692, *SL* 34-35）、特にフランスをテーマとして『これら十三篇』を編んだわけではないかもしれない。しかしバルザックの作品のタイトルを応用したこの短編集で、フランスというイメージは、作者が個人と故郷と世界、帝国主義について考える上で、さらに植民地の人種差別を通じて南部社会を解明する上で、「眼鏡」として働いている。

4. オールド・フレンチマン屋敷とサトペン屋敷

4. 1　フレンチマンズ・ベンドとオールド・フレンチマン屋敷

オールド・フレンチマン屋敷はフォークナーの小説『サンクチュアリ』（1931）で重要な舞台として登場するが、この屋敷が建っていたフレンチマンズ・ベンドという土地は、未完となった『父なるアブラハム』（出版は一九八三年）ですでに言及されている。そこでは冒頭に、フレンチマンズ・ベンドという土地を開墾して家を建てたのはルイジアナ生まれのフランス人かもしれない、と書かれている(*FA* 14-15)。一九二六年九月、二番目の小説『蚊』を書き上げたフォークナーは、続いて『父なるアブラハム』に取りかかった。しかしそれを途中で放棄して、彼の曾祖父らをモデルとした『土にまみれた旗』(1929) 創作に転じた (*FB* 526-31.『土にまみれた旗』は、一九二九年出版時は『サートリス』という題名で、そこでは元の原稿の一部が削除されている。ジョーゼフ・ブロットナーとノエル・ポーク編集のライブラリー・オブ・アメリカ版 *Faulkner: Novels 1926-1929*〔二〇〇六年出版〕では、『土にまみれた旗』の題名を用い、一九七三年にランダム・ハウスから出版されたダグラス・デイ編集『土にまみれた旗』に若干の修正を加えて収録している〔*Novels 1926*, 1174〕。本論では、ライブラリー・オブ・アメリカ版に従い、一九二九年に出版された『サートリス』に変えて『土にまみれた旗』の題名を用いる)。『父なるアブラハム』執筆が頓挫したのは、フォークナーが、主人公となる貧乏白人《プア・ホワイト》について自分はまだよく知らないと感じたため、といわれる。とはいえフレム・スノープスとユーラの結婚や斑馬の競売など、一九四〇年出版の小説『村』でも主要エピソードとなるフレンチマンズ・ベンドの話は、すでに『父なるアブラハム』にある。フォークナーが故郷について書くと決心したときに、それも貧しい農民たちの生活を描くときに、間接的とはいえフランスを持ち込んだことは興味深い。この地は、植民地出身らしきフランス人の野望と挫折を示す荘園跡地として、またおもに貧乏白人《プア・ホワイト》たちが住みついていった土地として、フォークナーのヨクナパトーファ物語の一つの核となる。

未完の『父なるアブラハム』での間接的な言及を除くと、「オールド・フレンチマン屋敷」(*S* 8) という名前が具体的に作品に登場するのは『サンクチュアリ』においてである。ここでは敷地内に南北戦争時の埋蔵金があるという噂が流れているが、特にルイジアナ出身のフランス人が屋敷を建てた、といった記述はない。荒れ果てた屋敷は密造酒作りたちの巣窟になっており、そこで殺人と女子大生テンプル・ドレイクのレイプがおこる。レイプに絡んだ殺人事件の弁護士を務めるホレス・ベンボウは、裁判が終わったらヨーロッパへ行きたい、としきりに言う。私生活でも裁判でも思い通りに事が運ばないホレスにとって、ヨーロッパは現実からの逃避行となる。しかし弁護人として敗北し、被告をリンチで殺されてしまったホレスは、新興住宅地の妻の元へすごすごと戻るしかない。そして小説の最期、パリのリュクサンブール公園にいるのはホレスではなく、偽証で被告を陥れたテンプルとその父ドレイク判事である。フォークナーはパリ滞在中にこの場面のもとになる散文を単発で書いて、美しい文章ができた、と母に報告している（SL 17）。しかしこの文は、不正義も正されぬ小説のアンニュイと絶望の場面、「雨と死の季節」（S 333）に用いられた。

『サンクチュアリ』では、テンプルをトウモロコシの穂軸でレイプして彼女から「ダディ」と呼ばれるポパイ、また義理の娘リトル・ベルに執着する自らとポパイの密かな共通性におののくホレス、そして娘に絶望したようなドレイク判事も、みな父権の失墜、堕落を示している。また、まともな裁判も行われず、被告がリンチされるのを止められなかった法体制そのものの権威も失墜している。テンプルはホレスに、オールド・フレンチマン屋敷での恐怖の一夜を語ったことがある。そこで彼女は男たちによるレイプを恐れて、昔、王たちが留守中の妻に強制したといわれる鉄の貞操帯、「フランスのあれ」（S 228）を着けていればよかったのに、と思う。貞操帯は男が女を支配するための封建的な道具だが、彼女はその貞操帯の周囲を覆う鋭い釘で、襲ってくる男たちを傷つけたい、と夢想する。この滑稽ながら切羽詰まった夢に、「フランスの」道具が使われる。テンプルは暴力的父権の犠牲者だが、自己防衛のためにその権力を利用したいとも思う。また小説の最後、リュクサンブールのベンチに座るドレイク親子には、公園で演奏される軍楽隊の音楽が流れてくる。フォークナーは第一次世界大戦後のパリで傷病兵を多く見かけた。夕暮れに漂うブラスの残響は、おびただしい数の国民が犠牲となった第一次世界大戦後の疲弊したフランス国家の姿とも重なる。

また『サンクチュアリ』という小説は、フォークナーがエステルと結婚して生計を立てるため、とにかく金が必要だった頃に書かれている。彼は最初の原稿を受け取った編集者ハリソン・スミスの拒否的反応から出版をあきらめていたが、一年以上もたってから送られてきたゲラ刷りに衝撃を受けた（*FB* 614, 618）。もとの原稿を修正して小説出版に至った時に書かれた序文は、芸術ではなく金のために書こうとした自らへの自虐的口調と、それを修正した自負、さらにはスキャンダル好みの大衆読者への皮肉に満ちている（*ESPL* 176-78）。「オールド・フレンチマン屋敷」という廃屋は、フランスに象徴される芸術が資本主義社会で荒廃してゆく可能性、具体的には、売れる作品を書こうとしてみずからの芸術の理想から遠ざかるという、作者自身の危機感も示唆する。

こうして「オールド・フレンチマン屋敷」は『サンクチュアリ』で、フランス系開拓者の野望のなれの果て、犯罪の現場として、またフランスという国家は、没落した帝国として小説の最後に登場する。小説の成立事情も、作家が市場に屈服しかねない瀬戸際の緊張をはらんでいる。この廃屋は一九四〇年出版の小説『村』では、貧乏白人《プア・ホワイト》フレム・スノープスがジェファソンの町へ進出するきっかけとなる。しかし『村』のオールド・フレンチマン屋敷に立ち入る前に、この屋敷と同様、一から立ち上げて建設された『アブサロム、アブサロム！』のサトペン屋敷とフランス人建築家について考えたい。

4．2　サトペン屋敷

トマス・サトペンは、突然どこからともなくジェファソンにやってきて、町外れに荘園を作る。その屋敷建設を監督するのは「フランス人建築家」（*AA* 26）と呼ばれる男で、名前も知られていない。彼はサトペンが連れてきた黒人奴隷たちの中に混じっており、待遇は奴隷たちとあまり変わらないようである。しかし建築家は、これ見よがしの豪奢な邸宅を要求するサトペンに対し、自らの信念に従って理想的な屋敷を建設する。自らの美学を貫き、無名のまま立派な屋敷を残して去った男は、名声ではなく自分の書いた本だけが後世に伝われば良い、と考えていたフォークナーが理想とする芸術家に近い。事実彼は、語り手から「芸術家」（*AA* 29）と呼ばれている。

もっともこのフランス人建築家は、フランスから来たとは限らない。彼は帽子も上着もいかにもフランス仕込みのようなおしゃれな出で立ちだが、語り手は彼がマルチニークから来たと述べる（*AA* 26）。そうだとすれば、彼は植民地のフランス人かもしれない。オールド・フレンチマン屋敷を中心とする荘園を作ったのが、『父なるアブラハム』で示唆されているようにルイジアナ出身のフランス人だとすれば、サトペン屋敷建設を指導した建築家共々、彼らは本国ではなく植民地のフランス人である。『アブサロム、アブサロム！』でも『父なるアブラハム』でも、本国人と植民地のフランス人の違いについては何も言及されていない。しかしフォークナーは、本国人でないからこその気負いや隠れた植民地コンプレックスなど、本国からみればマイノリティ、植民地ではネイティヴの貧民層の上に立つ上層階級、という彼らの重層的な立ち位置に興味を持っていたのではないか。その立場は、南北戦争後のアメリカ合衆国で北部に対してはマイノリティ、黒人層に対しては上層階級という南部白人であるフォークナーの関心を十分に引きつける。

サトペンはウエスト・ヴァージニア育ちの貧乏白人《プア・ホワイト》で、ジェファソンの町ではどこの馬の骨ともわからぬよそ者だが、ハイチでは白人の農園監督として黒人奴隷たちを指揮していた。彼はいわゆる成り上がり者で、植民地の上層階級とは少し違う。しかしサトペンもマイノリティとマジョリティの双方に属する複雑な立場を共有しているが故に、フランス人建築家の孤高とプライドを理解したのかもしれない。少なくとも彼は、建築家と対立しながらもその力量を認めて屋敷を完成させた。

このように、サトペンとフランス人建築家、さらにオールド・フレンチマン屋敷を建てた無名のフランス人荘園主は、出処の曖昧性、マイノリティとマジョリティ双方に身を置く立場を共有している。地縁や血縁など本来属する集団から外へ出て行った、もしくは異なった集団同士の境目に身を置くこれらの男たちにとって、目に見えるアイデンティティが屋敷だった。「カルカソンヌ」の白人浮浪者もさすらい人だが、リンコンの屋根裏部屋で夢見る幻想が自分の存在証明となる。「紅葉」で仲間たちから離れ、酋長付きという特権的地位に出世した黒人奴隷には、沼蝮の頭蓋骨とフランス土産の片眼鏡がお守りとなる。この黒人は森へ逃げ込んでチカソー族に狩り出されるが、その逃避行は、『アブサロム、アブサロム！』で一度逃亡を図って森へ逃げたフランス人建築家によって繰り返される。お守りを持たぬ建築家は、自らの理想にかなう屋敷を完成させるほか、自己の存在証明ができない。オールド・フレンチマン屋敷やサトペン屋敷は、建立者があくまでも執着するアイデンティティの形象化とその残骸として、地上に屹立する。

オールド・フレンチマン屋敷は若きフォークナーにとって一つのインスピレーションとなり、個人の生の証や、芸術と商業主義社会の間の葛藤を表した。開拓者の苦闘と栄光、そして衰退を示す屋敷のイメージは、フランス人建築家が建設に関わったサトペン屋敷にも受け継がれる。しかしサトペン屋敷はさらに、ハイチを起源とするチャールズ・ボンの出現で、フランス植民地とアメリカ南部のつながりも焦点化した。トマス・サトペンはハイチのフランス人農園主の娘と結婚するが、彼女に黒人の血が流れていると知ると妻と息子のもとを去り、アメリカ南部で人生をやり直す。(13)『アブサロム、アブサロム！』の最後では、サトペン屋敷崩壊後も、一家の末裔らしいジム・ボンドという混血の男が敷地内をうろついている、といわれる。徘徊しながら捕まらない、サトペン屋敷の亡霊のようなジム・ボンドは、南部社会の人種問題も未解決で現在に至ることを示唆する。

4．3　オールド・フレンチマン屋敷とフレム・スノープス

『アブサロム、アブサロム！』から四年後に出版された小説『村』になると、出世を目指すフレム・スノープスにとって、老朽化したオールド・フレンチマン屋敷はジェファソンの町へ進出するためのきっかけに過ぎない。当時この屋敷は、フレンチマンズ・ベンドを牛耳っていたウィル・ヴァーナーが所有していた。だが彼は、未婚で妊娠した娘ユーラをとにかく結婚させるために、持参金の一部としてフレムにそれを譲る。ウィルは何の役にも立たない廃屋を娘とともに厄介払いできたし、貧乏白人《プア・ホワイト》であったフレムは、出世のためにユーラと廃屋を利用することだけを考えている。それでもフレムの舅ウィル・

ヴァーナーには、オールド・フレンチマン屋敷を眺めつつ、これを建てた男の無謀さをとくと考えてみるだけの、人生の不思議さへの感慨がまだあった。しかしフレムは、土地家屋を売買の対象としか見ない。しかも埋蔵金があるかのような期待を抱かせて売る、という詐欺的な商いをやってのける。昔この土地を開墾したフランス系住民にとって、自らの生の証であったはずの屋敷は、埋蔵金という期待値のみが有効な詐欺的取引の道具になる。フレムがオールド・フレンチマン屋敷をこのように売りさばいた時、彼はまさしく、南北戦争後の新南部貨幣経済の人間である。

サトペンにとって屋敷建設は、南部荘園制社会の頂点を極める証であった。しかしサトペン屋敷は、後の世代が南部奴隷制の歴史を検証する場となる。一方『村』では、オールド・フレンチマン屋敷は単なる交換取引の道具である。金儲けしか興味がないフレムがヨクナパトーファ社会にもたらす破壊力は、南部ヒューモアや、悪魔とフレムの対話に見られるような民話的口調で、淡々と語られる。フレムのために困窮する犠牲者たちのその後について、詳しい説明はない。『アブサロム、アブサロム！』の語り手たちが発する「なぜ」という問いや倫理的判断は、『村』では表面上、封印されている。

フレムもサトペンと同じく貧しい境遇から出世するが、彼はスノープス三部作二番目の『町』(1957)では、荘園主ではなく金融業、ジェファソンの銀行の頭取になる。また出自と異なる階級に出世するという点は同じでも、フレムは、屋敷を新築するというサトペン的な自己実現のやり方はとらない。彼が当主となったマンフレッド・ド・スペインの屋敷も、妻ユーラとマンフレッドの不倫の代償として、恐喝という、いわば不当交換で手に入れる。このときフレムはマンフレッドから銀行頭取の地位も奪うので、屋敷や頭取の地位の強奪はある意味で、ド・スペイン家が代表する町の上流階級に対する貧乏白人《プア・ホワイト》の復讐となる。しかしユーラの不倫が始まったときから、それを利用した乗っ取り計画はフレムの中で織り込み済みのはずである。フレムは、本来あるべき社会の公正さや自己の尊厳回復を求めたわけではない。ユーラもド・スペインの屋敷も、交換の記号でしかない。妻も屋敷も動産なのだ。

フレムが名前にこだわり、形ある記念碑を建てるのは、『町』で不倫の末に自殺したユーラの名前を大理石の墓石に刻み、「貞淑な妻」（*T* 312）としたときだけである。高価な墓石に刻まれた言葉を証文にして、フレムは体面を手に入れる。『アブサロム、アブサロム！』ではサトペンも墓石に執着し、南北戦争中、部下に自分たち夫婦のための墓石用大理石を運ばせた。部下たちが「連隊長」と「連隊長夫人」（*AA* 154）と名付けた一対の大理石は、その重さゆえに、自分の存在証明へのサトペンの執着を感じさせる。ただしサトペンの娘ジュディスが、恋人チャールズ・ボンからの最後の手紙をクエンティン・コンプソンの祖母に託したように、死者の生は、故人のメッセージとそれを読もうとする残された人の共同作業によって初めてよみがえる。クエンティンと父は林の中にあるサトペン家の墓を訪れ、落ち葉をかき分けて墓石に刻まれた名前を読んだ。一家の悲劇は、時代を下ってクエンティンが当事者たちの思いを解き明かそうとすることで、その問題が共有される。一方、フレムが建てた大理石の墓標は、彼がたどり着いた上層階級の体面を表す記号であり、ユーラの人生を無視した利己的な宣言であり、ユーラは死んでも記号として利用される。確かにサトペンも得体の知れぬよそ者で、体面を手に入れるためにエレン・コールドフィールドと結婚した。しかし彼は妻の墓には名前のみを記し、クエンティンが気づいたように、「愛しき妻」（*AA* 153）などとは書かなかった。

4．4　『尼僧への鎮魂歌』のルイ・グレニアとフランス人建築家

一九五一年出版の『尼僧への鎮魂歌』において、語り手はジェファソンの歴史を綴るなかで、フレンチマンズ・ベンドに荘園屋敷を建設したのはルイ・グレニアという男だと述べている（*RN* 495）。その三年前に出版された『墓地への侵入者』でグレニアは、ヨクナパトーファ郡となる場所へ入植した最初の重要人物の一人として紹介されている。彼はパリ仕込みの建築家で、絵を描く趣味をもつ優雅なディレッタントで荘園主であった（*ID* 340）。しかし『墓地への侵入者』では、オールド・フレンチマン屋敷は彼のものだ、という具体的な説明はない。『尼僧への鎮魂歌』でようやく、グレニアがフレンチマンズ・ベンドに持っていた壮大な屋敷は、一〇〇年後には名前だけを残して消え去った、と説明され、グレニアがオールド・フレンチマン屋敷の主らしい、と推察される。当主グレニアの顕彰は、小説『村』でまやかしの期待値に操られる記号としてしか意味をなさなくなった屋敷に対する、作者のせめてもの手向けだったのかもしれない。だがフォークナーは『尼僧への鎮魂歌』でミシシッピ州都ジャクソンを説明するのに、当時の公共事業促進局（WPA, Works Progress Administration として一九三五年設立、その後一九三九年に Work Projects Administration に改称、四三年終了）プロジェクトの一環として作成されたミシシッピ州のガイドブックから、皮肉であからさまな引用をしている（本書第四章三節一参照）。ルイ・グレニアの名前も州の歴史と同様、公式に記録される意味はあるとしても、そこから新たな物語が生まれる保証はない。事実グレニアは、第一部の「郡庁舎――町の名前」で登場はするが、郵便運搬人ペティグルーやその他の人物ほど生き生きとは描かれない。

『尼僧への鎮魂歌』はまた、サトペン屋敷建設を指導したフランス人建築家のその後の動静についても

触れている。彼はここでも無名のままだが、サトペン屋敷建設後、ジェファソンの郡庁舎建設も指導した。このとき建築家は、この町は貧しいから悪趣味な装飾を排した立派な建物ができる、と皮肉に言い放ち、彼の芸術家精神は健在のようである。だがニコル・ムリヌーは、『尼僧への鎮魂歌』第一幕序章の「郡庁舎（町の名前）」で、フランス人建築家が郡庁舎ばかりでなく、町を整備する基本設計にも携わり、彼が「ダヴィッドのように」（*RN* 498）壮大な計画を夢見ている様を指摘する。[14] フランスの画家ダヴィッドは、フランス革命派の画家としても、その後ナポレオン時代の皇帝お気に入りの画家としても活躍した。こうして『アブサロム、アブサロム！』の時とは違い、フランス人建築家の社会的野心が明らかになる。

しかしムリヌーは続いて、フランス人建築家の理想も、未完の小説『エルマー』でパリに来た画家志望の主人公が抱いた芸術の理想も、ともに『尼僧への鎮魂歌』終盤では全く顧みられず、すべては機械的大量生産によるコピーの時代になると示唆している（Moulinoux 218）。『アブサロム、アブサロム！』でのフランス人建築家は、無名であっても自分の芸術作品さえ残れば良い、というフォークナーの理想に合致していた。だが『尼僧への鎮魂歌』では、彼も公権力と結びついて自己の能力を発揮する道を選んでいる。『アブサロム、アブサロム！』のフランス人建築家はマルチニークから来たと紹介されていた。それに対して『尼僧への鎮魂歌』で語り手は、彼について「パリの」（"Parisian"）建築家だと何度も述べ（*RN* 498, 500, 624）、フランス本国の権威を強調している。しかしムリヌーが指摘するように、『尼僧への鎮魂歌』最終章「監獄」では、この建築家が指導して建設した多くの建物も、文明という「進歩」がこの建築家という「ゴムスタンプ」（*RN* 624）を使って押しまくった結果にすぎない。そして用済みとなった建築家は、どこかへ消えていく。

市場の脅威についてフォークナーは、主にニューオーリンズを舞台とした小説で取り上げ、商業主義に抵抗する芸術家たちを描いてきた。しかし一九五一年出版の『尼僧への鎮魂歌』では、没個性の大量生産品はミシシッピの田舎町にもあふれ、フランス人建築家も使い捨てられる。オールド・フレンチマン屋敷の当主も、ジェファソンの建築物のゴムスタンプ代わりとなったフランス人建築家も、その功績が公式に記録されたとしても、彼らの生きた痕跡や作品がいつまでも人びとに記憶されるとは限らない。『尼僧への鎮魂歌』のルイ・グレニアやフランス人建築家は、この小説執筆途中でノーベル文学賞を受賞して時の人となった作家の戸惑いと懐疑を反映するのかもしれない。

5．フォークナーとフィッツジェラルドとフランス

5．1　戦争とフランス――『寓話』の凱旋門

フォークナーが一九五四年に発表した『寓話』は一〇年以上かけてようやく完成に至った長編で、第一次世界大戦中の戦争放棄の試みに関する物語である。物語の背景はヨーロッパ、アフリカ、チベット、アメリカ南部など世界各地に広がるが、主な舞台はフランスである。ノーベル文学賞受賞以来、フォークナーはフランスへ出かけることもしばしばあった。しかし『寓話』で中心となるショーヌモンというフランスの町は、『これら十三篇』の第一部に登場した戦時中のフランス同様、具体的な風景があまり描かれない。第一次世界大戦中にキリストらしき人物が出現するという話のなかでは、フランスも

登場人物もかなり抽象的である。ただし、パリの凱旋門だけは最後に焦点化される。『寓話』において、国家権力の代表として戦争を継続する大将軍（老元帥）とその息子で戦争停止を唱えて対立する伍長は、偶然の成り行きで、遺体が共に凱旋門の墓に収まる。フォークナー作品でフランスの風景が印象的な場面としては、凱旋門の他に『サンクチュアリ』最後のリュクサンブール公園と、「付録――コンプソン一族」にみられる、フランスのリゾート地の写真もある。そしてこれら三つのフランスにまつわる場所は、すべて戦争、または父権の失墜と関わる。

『サンクチュアリ』のリュクサンブール公園は戦時中ではないが、テンプルと父のドレイク判事が座るベンチには、冷え冷えとした空の下、軍楽隊の演奏が流れてくる。一方、一九四〇年、ドイツ軍によるパリ占領時にそこから姿を消したキャディ・コンプソンは、リヴィエラ風のリゾート地でナチ将校と共にいる写真の女性に似ている。[15] ドレイク判事、ナチ将校、そして凱旋門に葬られる大将軍は、父権社会の権威を代表する。テンプルやキャディはその父権に良くも悪くもたてつき、半ば敗れた女性たちである。『響きと怒り』のクエンティン・コンプソンは、妹キャディの処女喪失を受け入れられず、近親相姦を夢見て兄妹二人が永遠に地下牢に留め置かれることを望んだ。クエンティンの夢は、彼の自殺後約三〇年経って「付録――コンプソン一族」で、高級雑誌上のキャディとナチ将校の一枚の写真に集約される。『サンクチュアリ』最後のリュクサンブール公園のドレイク判事とテンプルは、この「付録――コンプソン一族」に登場する写真のネガである。テンプルは、彼女が「ダディ」と呼ぶ、「黒い」男ポパイと関わったのだから。[16]

これに対して『寓話』では、父と娘でも兄と妹でも、将校とその愛人らしき女性でもなく、父と息子の遺体が同じ凱旋門という政治的公共空間に閉ざされる。ここでは人種やジェンダーは問題とされていないようにみえるが、フランスの名門の出である父親に対し、伍長を産んだ母親は人種的にも階級的にもマイノリティであった。覇者である側の大将軍と、彼の生き方や世界観に異を唱え、戦争停止を主張して断罪された息子は、墓のなかで膠着状態にある。伍長が凱旋門の墓に入れられたのは、全くの偶然である。しかしフランス政府にとっては、国家的記念碑で外見上の階級間平等性が担保されれば、無名兵士の遺体は誰でもよい。そして一般大衆は、おびただしい戦死者の数よりも、凱旋門の前で一戦傷兵の抗議によって国家の威信が傷つけられることに激高する。『寓話』でパリの凱旋門は、父権制社会である国家の冷酷さ、及び国家の栄光に容易に惑わされる大衆をあからさまに示す。

『寓話』についてては本書第五章で詳しく検討するが、フランスの詩人や作家たちへの共感から始まった若きフォークナーのフランスへの関心は、次第に国家と個人の対立、父権制社会や帝国主義へと広がっていく。五節二ではフォークナーが見たフランスと、同時代人F・スコット・フィッツジェラルドが見たフランスを、『寓話』と『夜はやさし』を中心に考える。この二人にはほとんど共通点がないようにみえるが、二つの世界大戦の間にフランスを訪れた彼らは、西洋文明の集約点であるこの地にアメリカと共通する問題を見て、それぞれの作品でフランスを舞台として考えている。

5．2　『寓話』と『夜はやさし』のフランス

5．2．1　フォークナーとフィッツジェラルド

「失われた世代《ロスト・ジェネレーション》」のアメリカ作家にとってフランスは、第一次世界大戦を戦った連合国の主戦場であるとともに、西欧文明の中核でもあった。[17] なかでもフォークナーより一歳年上のフィッツジェラルドは、フォークナー同様、第一次世界大戦での実戦経験がないので、彼の小説におけるフランスはフォークナーの場合と比較しやすい。一九三四年出版の小説『夜はやさし』は、リゾート地リヴィエラや第一次世界大戦の戦跡が出てくる点で、フォークナーの「付録――コンプソン一族」や『寓話』と比べることも可能である。

フィッツジェラルドは何度かヨーロッパに行っているが、一九二五年八月にフォークナーがパリに到着する少し前の五月には、パリに腰を落ち着けた。『偉大なギャッツビー』を出版したばかりの彼はそこでヘミングウェイと会い、ガートルード・スタインのサロンにも顔を出すようになっていた（Le Vot 184-85, 196-97）。一方フォークナーの慎ましいパリ暮らしは、フィッツジェラルドが一九三〇年に書いた「バビロン再訪」に見られるような、華美な思い出や放蕩への悔恨とは無縁である。この二人にはフランスでの接点は何も見当たらない。しかし彼らの作品に登場するフランスからは、第一次世界大戦と西洋文明の危機、さらに人種問題が立ち上がる。

フォークナーとフィッツジェラルドの間に交流はなかったが、後に二人とも同じエージェント、ハロルド・オーバーと契約していて、お互い相手を全く知らないわけではなかった。[18] 一九二〇年、フィッツジェラルドは中編「メイ・デー」（“May Day”）を出版したが、一九二六年フォークナーは、ヘレン・

ベアードのために手書きの小品『メイデイ』(*Mayday*, 出版は一九七七年)を書いている。また同年出版の最初の小説『兵士の報酬』も、当初は「メイデイ」というタイトルを用いていた。フィッツジェラルドの「メイ・デー」、フォークナーの『兵士の報酬』ともに、第一次世界大戦からの帰還兵が登場しており、フォークナーがフィッツジェラルドの作品タイトルを意識していた可能性はある。(ただしカーヴェル・コリンズが指摘するように、フォークナーの『メイデイ』は風刺的視点など、ジェイムズ・ブランチ・キャベルの影響を強く受けている[“Introduction,” *Mayday* 15-22]。)

派手好きのフィッツジェラルドと社交下手なフォークナーという性格の違いにかかわらず、この二人は、経済的な理由で雑誌に大衆受けする短編を書き続けねばならない苦痛、[19] ハリウッドでの仕事や飲酒癖など、共通の課題も持っていた。第一次世界大戦に直接参加しなかった二人は、戦争未経験者としての疎外感を抱きながら、それゆえに世界大戦と西洋文明の問題をより客観的に考えることもできたのではないか。以下、彼らの作風の明らかな違いにもかかわらず、二人の作家がフランスを通して共に見いだしたものを検討する。

5.2.2 父権と大量複製技術

『夜はやさし』は一九三四年出版なので、この小説冒頭のリヴィエラには、まだ戦争勝利者としてのナチ将校はいない。[20] 海岸に登場するのは、アメリカの富豪の娘ニコルとその夫ディック・ダイヴァーの一行、そして新進の映画女優ローズマリー・ホイトである。そこでは妻や友人たちを楽しませるディック・ダイヴァーのパフォーマンスと、彼らを眺めるローズマリーの視線が描かれている。一方アミアン郊外の場面では、ディックたちの一行が、観光で第一次世界大戦西部戦線の戦没者墓地を訪れる[21]。そこで彼らは、おびただしい同じ形の墓標の前で、自分の兄の墓を見つけられずに泣くアメリカ人の娘と出会う。彼女はディックに慰められて、どれか一つの墓に花を手向けることは兄を含むすべての犠牲者を悼むことだ、と納得する。しかしその後、彼女は元気になってディックたちと戯れ始め、戦死者たちはいつの間にか忘れられる。大量生産のコピー文化は、複製技術の頂点となる映画ばかりでなく、大量破壊兵器による戦死者の墓にまで及ぶ。この戦跡観光ではディックが、現時点ではヨーロッパが再び戦争することはない、と楽観的に断言するのに対し、友人のエイブ・ノースは異論を唱えている（*TN* 57）。しかし彼らはそこで徹底して議論するわけではない。

第一次世界大戦後、ヨーロッパ諸国に代わりその政治力と経済力を高めたアメリカ合衆国にとって、リゾート地リヴィエラと西部戦線戦跡は、それぞれ旧フランスの華やかさと没落の象徴として機能する。フィッツジェラルドはリヴィエラとアミアンの戦跡双方に、大量複製技術の侵略を見、フォークナーはリヴィエラらしきリゾート地と激戦地ヴェルダン、さらにパリの凱旋門に、第一、二次世界大戦の父権制権力が弱者を搾取しているのを見た。ただし二人の作家は、世界戦争の戦死者たちの死が報われない現実を前に、お互い相手が強調したテーマにも敏感であった。

『夜はやさし』のディック・ダイヴァーは、娘に近親相姦をしたニコルの父に対抗する癒やし手として、妻に接している。しかしニコルにとって、権威ある精神科医の夫は、彼女の心身を管理する父権者でもある。さらにディックは父親のいないローズマリーに対して、彼女が映画で演じた「ダディの愛娘」に呼応して父親代わりのつもりでいながら、性的に惹かれていく。ローズマリーは中産階級の代表であり、大富豪の娘ではないが、保護者気取りのディックにとって、彼女はニコルのコピーともなる。

ディックは、自らの努力と善意によって社会的成功を収め、独創的な人生を生きるというアメリカ的民主主義の理想を抱いていた。ローズマリーは、勤勉で努力して成功を収める点で、ディックの理想を踏襲している。しかしローズマリーのよき指導者としてのディックの矜恃は、ニコルを支える精神的疲労が増すにつれ、次第に崩れていく。彼は、エイブ・ノースの轍を踏んでアルコール依存症となり、一人アメリカに帰国して最初は良い評判をとりながら、その後、芳しくない噂で消息不明になることを繰り返し、忘れられていく。卑小な失敗の複製を重ねることはドラマティックな英雄の悲劇にはならず、ディックはよくある失敗例、凡人として消えてゆく。

『夜はやさし』には、この小説が出版された前年にドイツで政権を握ったナチスの直接の影は見当たらない。しかしディックはヨーロッパを去る前に、リヴィエラの海岸で人びとに祝福を与えるような仕草をする。彼はヨーロッパの洗練を愛でながらも、大衆がリゾートを楽しめることにアメリカ民主主義的な意義も感じている。しかし大量複製技術文化が途方もなく栄えるうちに、それを享受する大衆を掌握し、巨大な父権を行使する独裁的な力が西洋文明に迫るのを、作者フィッツジェラルドは感じとったのかもしれない。キャディ・コンプソンも、高級雑誌上のリヴィエラ風の写真のなかでナチス将校の傍らに閉じ込められている。第一次世界大戦以前の旧体制は崩壊したが、絶大な父権への希求は、大衆の不満や欲望を集約する形で再び出現する。

フォークナーはアメリカ南部父権社会を最大のテーマとしていたが、「付録――コンプソン一族」では彼の最愛のヒロイン、キャディ・コンプソンがハリウッドの映画プロデューサーと結婚するように、大量複製技術文化の影響にも敏感だった。彼は逼迫した家計のために一九三二年以降、たびたびハリウッドで映画脚本の仕事をしている。フォークナーはハリウッドを嫌っていたが、ハワード・ホークス監督ら周囲の助けもあり、彼とハリウッドのつながりはフィッツジェラルドとハリウッドの関係より長い。彼の『寓話』執筆も、映画のアイデアとして、第一次世界大戦中にもしキリストが出現していたら、という話から出発している。ハリウッドは作家たちを脚本書きに利用するし、フォークナーもハリウッド映画での経験を応用する。またフランスも、芸術の都パリで文化大国を見事に演出してきた。しかしフォークナーは『寓話』の最後で、観光名所である凱旋門を用いて、帝国主義国家としてのフランスを明らかにする。

フィッツジェラルドは『夜はやさし』で第一次世界大戦後のフランスを主な舞台とし、新興勢力であるアメリカ人たちの行動を通して、富裕層の父権代表者や大量複製技術が個人の尊厳を損なっていく様を優雅に、かつ残酷に描いた。フォークナーの『寓話』では軍上層部の権力が絶対で、民衆の動向は距離を置いて描かれ、主要登場人物でもその情感が直接描かれることは少ない。しかし最後の凱旋門の光景は、二度の世界大戦を経て作家の心眼に映った、父権制国家と大衆を巡る幻滅のフランスである。

5．2．3　黒人登場人物

『夜はやさし』と『寓話』のフランスにはさらに、黒人の存在が不可解な影を落としている。『夜はやさし』では、パリのホテルでローズマリー・ホイトの部屋のベッドに黒人の死体が置かれる事件が発生する。ディック・ダイヴァーはそれを部屋の外へ運び出し、ローズマリーにあらぬ疑いがかからぬよう計らう。しかし遺体を運び出す手伝いをしたディックの妻ニコルは、それを包むベッドカヴァーから滲み出した血を見て、父から受けた近親相姦の記憶が蘇り、しばらく錯乱状態となる。被害者の黒人は、ストックホルムで靴墨を製造して行き詰まり、パリでそれを売ろうとしていたジュールズ・ピーターソンという男である。一九二一年、アメリカでは、ロスコー・アーバックルという人気喜劇役者が殺人に関わったという疑惑で芸能界から追放されてしまう事件があり、フィッツジェラルドはそれをヒントにこのエピソードを書いたと言われる。しかしローズマリーやダイヴァー夫妻とは何の関わりもなく、その後何の説明もない事件は、この小説に不吉な謎として残る。ピーターソンは、酔っ払ったエイブ・ノースの勝手な思い込みから騒動に巻き込まれて殺されたようだが、エイブはそれに対して何ら責任をとらない。そしてローズマリーの女優としての将来を脅かし、さらにニコルに近親相姦のトラウマを思い出させる黒人の死体は、本人が被害者であるにもかかわらず、何か邪悪な、説明がつかない不条理として印象づけられる。

白人の純血を唱えるナチス・ドイツが直接攻撃するのはユダヤ人だが、『夜はやさし』で成功を夢見てパリにやってくる黒人は、白人にとって、人種や階級の境界を越える危険な他者となりうる。ピーターソンが、白人が大多数と見なされる北欧の出身であることも、人種的に曖昧な不安を呼び起こす。それでもエイブ・ノースにとって、ピーターソンは「白人に友好的なインディアン」（*TN* 106）だった。しかし諍いの相手となった他の黒人たちを、エイブは「セネガル人ども」（*TN* 108）と呼び捨てる。しかし語語り手は、ピーターソン以外の黒人関係者は「フレンチ・ラテン・クォーター居住のアフリカ系アメリカ人」（*TN* 106）だと述べている。エイブは自分にとって不都合な黒人を、植民地出身の二流外国人と決めつけて差別する。また主人公ディックは、エイブの無責任な行動には批判的だが、ピーターソンの遺体を異物として排除することに何のためらいもない。

一方、フォークナーの『寓話』では、反乱兵たちを監視するセネガル兵がいる。彼らは反戦行動をとる兵士たちに一切、関心を示さない。戦争放棄を唱える伍長たちの小集団もマイノリティ出身だが、セネガル兵はさらに植民地の有色人種として、軍隊でもショーヌモンの住民たちからも孤立している。最下層である彼らは、上からの命令に黙々と従うことで身を守る。

『寓話』ではセネガル兵たちのほかに、富豪のアメリカ人女性が設立した博愛団体のまとめ役として活躍するサターフィールドという黒人牧師もいる。この男は以前にいたアメリカ南部では、イギリス人馬丁の補佐として、三本脚の競走馬を走らせて勝たせる手助けをしていた。しかし第一次世界大戦下のパリでサターフィールドは、フランス政府関係者からも便宜をはかってもらえるような地位に就き、『夜はやさし』のピーターソンよりはるかに出世する。

『寓話』の黒人牧師は弁舌巧みで、越境する他者への恐怖を直接呼び覚ます存在ではない。『土にまみれた旗』で、白人雇い主を上手に利用する黒人使用人が発揮するようなしたたかさばかりでなく、サターフィールドには、階級や人種の差を自在に超えるトリックスター的な可能性もある。よって彼は、『夜はやさし』のピーターソンのように、白人の無責任な行動の犠牲にはならないかに見える。しかしサターフィールドも結局、伝説の馬丁同様、軍上層部、さらに戦争反対の理念で兵士たちを扇動する伝令兵の犠牲となる。戦場であっけなく不合理な死を迎える黒人牧師は、理念も人種も関係なく戦争に巻き込まれる普通の人間である。

フィッツジェラルドの『夜はやさし』でもフォークナーの『寓話』でも、黒人は主要登場人物ではない。いずれの小説でも黒人たちは、サターフィールド以外は、ほとんど台詞ももたない。しかし彼らはそこに存在する。特に白人中心のフィッツジェラルドの小説では、黒人という存在が白人の人生を脅かす不安の象徴として働く傾向もある。『偉大なギャッツビー』で、黄色い大型車がひき逃げしたという重大な証言をしたのは、白人との混血らしい、「身なりのよい黒人」（*Gatsby* 147）だった。『夜はやさし』でディックの妻ニコルは、ピーターソンの死体を包んだベッドカヴァーについた血から、自らのトラウマを想起して動揺する。白人父権社会にあって女性と黒人はいずれも被害者になりうる。ニコルは、黒人が白人より劣ると見なされていた時代にあって、近親相姦の被害を受けた自分は黒人と同じ地位に置かれてしまった、と感じたのかもしれない。またピーターソンの死体が発見されたのはホテルのローズマリーのベッドである。ディックとローズマリーは急接近中であり、そこに出現した謎の黒人死体は、二人の関係はニコルの父と彼女の近親相姦同様に禁忌である、とディックに警告することにもなる。性への不安は、容易に人種への不安に結びつく。

一方、ディック・ダイヴァーの娘には、ストー夫人の『アンクル・トムの小屋』にでてくる黒人のお転婆娘と同じ「トプシー」という呼称が使われている。白人登場人物たちは黒人の死体に敏感に反応するが、白人と黒人の間には、白人が信じたがるような差異は、特にないかもしれない。[22] エイブ・ノースやディック・ダイヴァーは次第に没落して消えていき、裕福だった白人の末路もピーターソンのあっけない最後と大して違わない。そして『寓話』では、白人も黒人も、戦争放棄する者たちは殺される。

フォークナーの『寓話』とフィッツジェラルドの『夜はやさし』は、出版年に二〇年の開きがあり、第二次世界大戦後の世界を見たフォークナーと第二次世界大戦初期に亡くなったフィッツジェラルドのフランス観をまったく同じ地平で論じることはできない。しかし一九二〇年代にフランスを訪れた二人はそれぞれこの地に、帝国主義や、資本主義社会の大量複製技術、という西洋文明の問題を見た。それらは第一次世界大戦の原因ともなったが、彼らはそれらがアメリカにも共通する問題と気づいている。特に帝国主義国家の植民地問題は、アメリカ人作家たちにとり、自分たち自身の人種差別問題として迫る。

アメリカ南部社会の小さな町で自由を求めたキャディ・コンプソンは、資本主義社会の虚栄を映す高級雑誌の写真空間でナチ将校と共にあり、戦争停止を唱えて死罪となった伍長も、国家の威信を示す政治空間に閉じ込められた。彼らを閉じ込めた父権的空間がフランスと関連するのはなぜなのか。第一次世界大戦後一〇年もたたないうちにフランスを訪れた作家志望の青年にとって、フランスは戦争と切り離せない。フォークナーはフランスに、芸術、父権、そして植民地を支配する帝国主義国家、という様々な意味を見たが、それらはすべて戦争を経て崩壊の危機をはらんでいる。また彼は当初、芸術と資本主義の戦いについてはフランス本国ではなく、ニューオーリンズを中心に焦点化していたが、『尼僧への鎮魂歌』では、商業主義は彼の故郷にまで押し寄せる。ここではフランス人建築家も使い捨て同然になる。南北戦争敗北の記憶をとどめる南部社会に生まれ育ったフォークナーにとって、フランスは、彼が抱く漠然とした喪失意識の意味を、地方と国家、さらに西洋帝国主義全体にまで拡大して考えさせるものであった。フランスを西洋文明の縮図とすることで、彼は南部社会の問題を個人と地域、そして世界との関連で複眼的に見ることを学び、そこでの芸術家の役割を考えたのである。

注

（1）フォークナーとフランスに関する研究としては、本章で引用するものの他にグレッセ（Gresset, "From Vignette"）や、グリッサン（Glissant, *Faulkner, Mississippi*）などがある。

（2）この「ライラック」（"The Lilacs"）という詩はプルーフロック的な語りを持ち、最初は一九二〇年に書かれた（*FB* 260-61）。その後この詩は、若干の変更を加えて詩集『緑の大枝』（*A Green Bough*, 1933）の第一編になっている。

（3）『標識塔』のレポーターが酒を買いに行くと、バーテンダーは"faunfaced"（*P* 82）であるし、彼の住まいは"Noyades Street"（*P* 187）にある。クリアンス・ブルックスは、"Noyades"を溺死者と解釈する理由をA・C・スウィンバーンの詩を引用して説明している（Brooks, *Toward* 401）。

（4）拙著『フォークナーの前期作品研究』一九三、二二四–二六参照。フォークナーがフローベールから受けた影響については、コーエン（Philip Cohen）やキニー（Arthur F. Kinney）らの研究がある。

（5）ヘミングウェイが『我らの時代に』（*In Our Time*）を出版したのは一九二五年、フォークナーが『兵士の報酬』を出版したのは一九二六年である。また一九二二年六月発行の『ダブル・ディーラー』（第三巻一八号）には、二人の詩（フォークナーの"Portrait"とヘミングウェイの"Ultimately"）が同じ頁に掲載されている。

（6）ディアギレフがピカソやコクトーを巻き込んで、アルルカンが登場する『パラード』をパリで初演したのは一九一七年五月（『ディアギレフ』下巻 六五）、『プルチネラ』初演は一九二〇年五月（『ディアギレフ』下巻一〇四）だが、一九二五年パリでの『プルチネラ』公演は六月のみ、フォークナーが到着する前である。ディアギレフのロシア・バレエはこの時期、アメリカ合衆国でも公演したが、フォークナーが関心を寄せた様子はない。また一九四六年、当時オクスフォードの町を訪れていたロシア・バレエへ誘われたフォークナーは、素っ気なく断っている（*FB* 1224）。

（7）*FB* 502. 一方マシューズは、「カルカソンヌ」執筆を一九二六年頃と考えている（Matthews, "Recalling" 242）。

（8）"It was like those glasses, reading glasses which old ladies used to wear, attached to a cord that rolls onto a spindle in a neat case of unmarked gold; a spindle, a case, attached to the deep bosom of the mother of sleep."（*CS* 895）さらに "a pair of spectacles through which he nightly perused the fabric of dreams:"（*CS* 896）

（9）"one half of a mother-of-pearl lorgnon which Issetibbeha had brought back from Paris"（*CS* 330）

（10）イケモタビーは「紅葉」ではイッシティベハーの父だが、『行け、モーセ』や『尼僧への鎮魂歌』ではイッシティベハーがイケモタビーの伯父となっている。

（11）*CS* 330, 藤平 四一四–二一。Matthews, "Recalling" も参照。

（12）拙著（Tanaka）"The Global/Local" 参照。

（13）『アブサロム、アブサロム！』でのサトペンのハイチ体験と、実際のハイチの歴史のずれについては、Ladd, *Nationalism* や、Owada が指摘している。

（14）Moulinoux 213. ムリヌーはフランス人建築家の原型を、『アブサロム、アブサロム！』の源の一つである短編「エヴァンジェリン」に求めている。彼女はまた、フランス人建築家にチャールズ・ボンとの類似性を見て、彼らが共にアカディア系フランス移民かもしれない可能性を指摘している（Moulinoux 207-09）。

（15）マルカム・カウリー編の『ポータブル・フォークナー』収納の「付録――コンプソン一族」では「リヴィエラ」らしき風景だが、ノエル・ポークの校訂を経たライブラリー・オブ・アメリカ版「付録――コンプソン一族」ではマルセイユの高級ショッピング街の名前が避暑地の景色として使われている（"AC," *PF* 712, "AC," *Novels 1926*, 1134）。ムリヌーは、フォークナーがフランスの地理や言語に疎い例としてここを挙げ、彼にとってはマルセイユの通りもフレンチ・リヴィエラもたいして変わりなかったのだろう、と述べている（Moulinoux 206）。

（16）諏訪部『ウィリアム・フォークナー』一四六‐四七参照。クエンティンの地下牢の夢についてはマイケルズの白人純血主義についての議論（Michaels 1-12）、クエンティンの幻想とキャディとナチ将校の写真の近似性については、拙著『フォークナーの前期』（二三九‐四〇）参照。

（17）J・ジェラルド・ケネディは、アメリカ作家にとってのフランスやパリの意義について総合的に論じている。フィッツジェラルドに関してケネディは、パリが彼にとって非現実的な夢の場であるゆえに、旧秩序の崩壊や問題点がモダニズム的な感覚で描写される文学空間として機能していると指摘する（Kennedy 190-93）。

（18）フォークナーは、ヘミングウェイのことはどこか意識していて、後の確執にもつながったと思われる（*LG* 88, *FB* 1427-29）。それに対し、フィッツジェラルドについては特に意見を表明してはいない。ただ、フィッツジェラルドは若いときに有名になりすぎて不幸な人生を送ることになった、と述べたことはある（*FU* 150）。一方フィッツジェラルドは、手紙でまれにフォークナーに言及するときは、概ねよい評価をしている。トマス・インジは、ブルックスら幾人かの批評家が二人の作家を結びつけようとしたがあまり成功していない、と指摘した後、フィッツジェラルドがフォークナーの『サンクチュアリ』を読んだときのコメントについて論じている（Inge 432-38, 大串 七二、Fitzgerald, *Correspondence* 298）。

（19）二人とも雑誌『サタデイ・イヴニング・ポスト』が作品を高く買ってくれることをありがたがりながら、手紙でフィッツジェラルドは自らを売春婦にたとえ（一九二九年九月）、フォークナーは原稿が高く売れさえすればいい（一九三四年八月）とうそぶいている（Turnbull 307, *SL* 84）。

（20）フィッツジェラルドは若い頃、北欧人種の優越性を主張するメンケンを支持する（LeVot 102）など、人種的偏見を持っていた面はある。一方、一九三一年ミュンヘンに宿泊したとき彼は、ドイツの暗い好戦的な雰囲気も感じ取っている（Fitzgerald, *The Crack-Up* 53）。

（21）フォークナーも最初のフランス滞在時、二八歳の誕生日にアミアンを訪れて、近郊の戦跡に衝撃を受けている（*FB* 468-69）。

（22）Kennedy 214-16, Antonelli, "A Topsy-Turvy" 参照。

第二章

『村』
――パロディを超えて

1．はじめに

一九三六年出版の『アブサロム、アブサロム！』は、時空間の枠を超える語りや多様な登場人物の視点など、フォークナーのモダニストとしての手法を駆使してサトペン荘園の謎に迫り、南部社会の人種混淆の問題を浮かび上がらせた。フォークナーの小説で、南部社会の人種問題が前面に出るようになった『八月の光』(1932) から『行け、モーセ』(1942) までの一〇年間を彼のキャリア中期とすると、『アブサロム、アブサロム！』はその頂点に立つ作品といえる。一方、『村』(1940) や『行け、モーセ』で彼は、同じ中期でも『アブサロム、アブサロム！』以降の新たな創作の可能性を探っている。

『村』も『行け、モーセ』も、それまで雑誌に発表された短編をいくつか組み込んで書かれた長編小説である。まず短編を雑誌に掲載して原稿料を得るという手法は、当時、家計が逼迫していた作家にとって、やむを得ない戦略であった。『征服されざる人びと』(1938)も同様の手法をとっている。しかし雑誌に書いた短編群をとりまとめて長編小説化することは、個々の作品を超えた新たな地平を開くことである。『征服されざる人びと』は、もとの短編では南北戦争時の少年が数々の冒険をするエンターテインメント中心だったものが、長編では南部父権制社会の暴力批判へと成長した。『アブサロム、アブサロム!』でも、「ウォッシュ」(1934)や「エヴァンジェリン」(未発表で、一九七九年『アトランティック・マンスリー』初出)など、すでに書いた短編が利用されてはいる。しかし作者は特に『村』で、既出の長編小説も意識しつつ、それらを乗り越える視野を模索している。

　フォークナーは『村』で、一九二六年末ごろに書き始めながら、翌年断念して未完に終わった物語『父なるアブラハム』を原点として、フレンチマンズ・ベンド一帯の白人農民たちの話を書く(Meriwether, “Introduction,” *FA* 3)。『父なるアブラハム』にはフレム・スノープスが登場するが、貧乏白人《プア・ホワイト》であるスノープス一族は、その後『土にまみれた旗』(1929)や『死の床に横たわりて』(1930)、『サンクチュアリ』(1931)などにも時折、顔をだしていた。しかし南部社会の新興勢力である彼らのしたたかさが本格的に語られるのは、『村』が最初である。『八月の光』や『アブサロム、アブサロム!』が人種混淆問題を軸に展開するのに対して、『村』で作者は、人種問題よりも南部新興階級の勃興を社会全体の問題として検討し、それにふさわしい語りのスタイルを模索する。

　『村』は、南北戦争後、特に二十世紀初頭から南部でのし上がっていく貧乏白人《プア・ホワイト》を描き、『町』(1957)や『館』(1959)と続くスノープス三部作の礎になったばかりではない。作者は時にバロック的な文体も用いながら、キャリア前期で扱ってきた処女喪失や家父長の権威といったテーマを、ここでパロディ化して検証する。フォークナーの後期作品のいくつかは、ヨクナパトーファ郡についての集大成的な視点とともに、統合と裏腹なポストモダン的破壊力を秘めているが、中期の終わりに近い『村』は、その奇妙な破壊力をすでに備えている。この小説のあらすじは、フレンチマンズ・ベンドでフレム・スノープスが、あくどいやり方でのし上がっていく出世物語である。しかし登場人物は多彩で、テクストは多様性、逸脱、過剰、奔放さに満ちており、南部ヒューモアと虚々実々の商取引、死体を巡る陰惨な描写、格調高い神話的なロマンスとそのベーソス（急落）などが混在する。

『村』の二年後に出版された『行け、モーセ』は、南部奴隷制社会の悲劇を黒人白人双方の視点を交差させて総合的に捉え、アメリカ建国の意味とその現実にまで迫る。それに対して『村』は、白人新興階級の台頭を軸として、南部父権制社会の変化を喜劇的に展開する。作者はそこで、農本主義から利益追求型の資本主義社会へ変化する社会を描くが、細部へのこだわりとそれに対立するトール・テール的な雑ぱくさが混在する語りは、一見、何の変哲もない村にシュールリアリスティックな光景すらもたらす。さらにフォークナーはこの小説で、それまで追求してきた芸術家のテーマもパロディ化し、今まで築き上げてきたヨクナパトーファという世界が解体しかねない危険もある。

ジョーゼフ・R・アーゴーはその著 *Faulkner's Apocrypha* で、フォークナーをモダニズム代表の偉大な芸術家であるとか、ヒューマニズムを旗印としたノーベル賞作家、としてとらえることに異を唱える。神話や正典ではなく、「外典（"apocrypha"）」を書くことがフォークナーの才能であり、スノープス三部作などフォークナーのキャリア後半のテクストにその真骨頂が現れている、と主張する。(1) 南部共同体の社会と歴史を記録する正統派フォークナーではなく、正典から逸脱した物の見方を展開する作家としてフォークナーを評価するのである。アーゴーがフォークナーの外典的特徴を評価するのは卓見だが、フォークナーがそれまで南部父権制社会や奴隷制、人種混淆問題についてモダニズム的手法を駆使して追及してきたからこそ、その手法の解体、主題のパロディ化が生きている、ともいえる。

本論では『村』に見られるパロディを中心に、フォークナーの文学的想像力の変化を検証し、その意味を問う。「父権」というヨクナパトーファ小説の主要テーマは、一見、強力な父権者が不在のこの小説でも、批判的、発展的に継承されている。旧南部型家父長の権威が失われたとき、スノープスのような利害追求の生き方は社会にどのような影響を与えるのか。以下、まず『村』で顕著に見られるパロディの対象を検討し、初期作品の『父なるアブラハム』との比較も交えて、『村』に見られる父権社会の変化を考える。さらに『村』に登場するアイザック・スノープスと『行け、モーセ』のアイザック・マッキャスリンという二人のアイクにも触れ、旧約聖書のイサクの名前を用いたフォークナーが、『行け、モーセ』で南部の問題をアメリカ合衆国全体の考察へと発展させていく予兆を示す。

2.『村』がパロディ化するもの

大橋健三郎は、フォークナー作品が以前の作品のパロディとして書かれる傾向をすでに指摘しているが（Ohashi, "Creating"）、『村』にはそれまでの作品のパロディが、大きく分けて三種類ある。パロディの対象の一つは、『響きと怒り』（1929）に端的に示される処女喪失を巡る問題である。この問題は父権社会のあり方、父の権威に密接にかかわる。二つめは、フォークナーのキャリア初期の詩によく登場するファウヌス（牧神）像で、彼のファウヌスはもともと、生命を謳歌する自由な人間そのもの、またはそのような理想を抱く芸術家の投影となっていた。三番目は、交換や取引という社会的、経済的モチーフである。このモチーフは、今まで他の二つほど目立たなかったものの、すでに存在しており、『村』で顕在化する。これら三種のパロディ対象がどのように解体されていくのか、まずそこから検討する。

2．1 処女喪失

『響きと怒り』でクエンティン・コンプソンは、妹キャディがどこの馬の骨ともしれぬ男と交わって処女でなくなったことにショックを受ける。そこで彼は妹の相手は自分だったのだ、と近親相姦を主張して父から永遠の罰を受けることを夢見る。しかし父のコンプソン氏は、女が処女性を失うのは自然なことだ、とシニカルなコメントを述べて取り合わない。一方『村』でジョディ・ヴァーナーは、少女時代から性的魅力を発散する妹ユーラの処女性を守ろうと必死である。そしてユーラが妊娠すると、相手の男を撃ち殺すため、逃げた男を追跡に出かけようとする。もっともそれが語られる調子は喜劇的で、クエンティンのように自殺にまで至ることはない。また『響きと怒り』で父のコンプソン氏は、娘の処女喪失をストイックに受け入れるようにみえるが、ますます酒に溺れていく。しかし『村』では、ユーラの父で、フレンチマンズ・ベンドの村を取り仕切るボスでもあるウィル・ヴァーナーは、娘をすぐにフレム・スノープスと結婚させてしまう。『響きと怒り』でもキャディは体裁のために銀行員のハーバート・ヘッドと結婚するが、妊娠の真相がばれて離婚となる。一方ヴァーナーの店の店員だったフレム・スノープスは、ユーラとの結婚を一つのてこに、フレンチマンズ・ベンドからジェファソンの町へと移る。彼は、結婚前に他の男との子供を宿した妻と別れるよりも、徹底して出世のために妻を利用する。

当事者である女性たちについてみると、『響きと怒り』のキャディ・コンプソンは、白痴の弟ベンジーに愛情を注いで慕われている。彼女は複数の男たちと性的に交わるようになるが、ベンジーがしばしば「キャディは木のようなにおい」(SF 6)がしたというように、精霊のような存在としても強く印象づけられる。一方『村』のユーラは幼少時から動きが鈍く、少女時代にすでにほ乳類の雌としての身体的特徴を過分に備えている。[2] このような違いはあるが、二人の娘はどちらも自らの意見や感情を十分語る機会を持たず、妊娠が明らかになると親の定める結婚を受け入れざるをえない。[3]

『響きと怒り』でクエンティンの自殺につながる妹の処女喪失は、『村』では単なる日常の出来事で、それ自体としてはコミックなドタバタ劇として展開する。また、それぞれの作品に知的障害者として登場するベンジー・コンプソンとアイザック・スノープスの扱いにも差がある。『村』のアイク・スノープスには姉妹はおらず、アイクが慕情を募らせるのはジャック・ヒューストンの農場で飼われている牝牛である。一方、『響きと怒り』のベンジーはキャディが処女喪失したとき、すぐ彼女の変化を察知して取り乱すが、数年後、家の外で学校帰りの小学生の女の子を摑まえたとしてその親から抗議を受け、去勢手術を受けさせられる。幼いころ、姉のキャディが学校から帰ってくるのを門のところで待つのが習慣だったベンジーは、女の子に近づいて何か言おうとしたのだが、それが性的衝動とみなされる。彼は『響きと怒り』冒頭では三三歳になっているが、三歳位の知能しかなく、自らが去勢されたこともよく理解していない。自分の意図を言葉で説明することもできないベンジーは、非人間的な処置の犠牲者である。しかしアイク・スノープスの獣姦の話から推測すれば、ベンジーも去勢手術を受けさせられていなければ、アイクのように、何の抑制もきかぬ性の能力を発揮する存在となっていたかもしれない。ユーラが牝牛を連想させ、ユーラとキャディが共に未婚の妊娠からさっさと結婚させられることを考えると、『響きと怒り』でキャディの弟ベンジーが彼女を思慕し、兄クエンティンが強い禁忌を伴う近親相姦を想像する話は、『村』では、アイクと牝牛のグロテスクな獣姦に転換する。

実の母から愛されなかったベンジーはキャディの愛情に母性的な庇護を見いだし、キャディはベンジーと外界を隔てる子宮膜、もしくは鏡の世界を提供してくれていた。ベンジーの章でキャディはしばしば鏡の中の姿としてとらえられている。一方クエンティンにとって、キャディとの近親相姦という夢は、父から永劫の罰を受けて兄妹で地下牢にいるという幻想になる。それは二人だけで時間外の世界にとどまることができ、しかも罰を与える強い父の権威を守る利点もある。それに対して、『村』でアイザック・スノープスと牝牛のセックスが行われる現場は、村人たちが見物料を払えばこっそりのぞき見できる。最も私的な空間は、ランプ・スノープスによって他者の窃視に利用される取引空間となる。もはや懲罰を与える厳正な父の理想もなく、『響きと怒り』から『村』への過程で、性を巡るフォークナーの視線はよりシニカルになる。

2．2　ファウヌス（牧神）像

ファウヌスのイメージは、フォークナーの初期詩集や『兵士の報酬』（1926）にしばしば奔放な姿を現していたが、『村』のアイク・スノープスは、この自由に性を楽しむファウヌスと連想される。フォークナーの詩的散文「丘」や詩集『緑の大枝』(1933)の第一〇篇には、丘の上で沈黙の音楽の中で踊るファウヌスとニンフや、それを夢見る男が登場する。(4)ファウヌスのダンスや音楽は、性的な自由奔放さと同時に、天上へ駆け出さんばかりの高揚感をもつ芸術家の理想も示唆していた。また同じく詩的散文「妖精に魅せられて」では、丘を下ってニンフを川の中まで追いかける労働者の男がいる(*US* 331-37)。これらの男たちの行動は、アイクがヒューストンの牝牛を連れ出し、一緒に丘を上り下りし、小川のほとりや水たまりにたたずむ場面に通じる。火事のあと、知的障害者と牝牛が野原や森をさまよう道行きについて、語り手は夜明けから午後のにわか雨、さらにその後の夕暮れまで、古代ギリシャ神話を彷彿とさせるイメージや格調高い表現を駆使して語る。またアイクが牝牛の乳を搾り、白い濃い液体が大地に注がれる様は、彼自身の精液をも彷彿とさせ、交合するのは牝牛とアイクでも、アイクと大地でも、牝牛と大地でもあり得る。(5)動物も人間も大地も雨も風も日の光も渾然と交わる。その一方で、火事の中、逃げ惑う牝牛を引っ張りだそうとするアイクは、おびえきった牝牛の糞尿をしこたま体に浴びて汚物だらけになる。文化人類学者マルセル・モースは、参加者が排泄とゲロ吐きで終わる祭礼が中央アメリカのズニ・インディアンに見られると述べて、祭りの熱狂とカタルシスの意義を指摘しているが(Mauss 66)、糞まみれで雨風の洗礼を受け、牝牛と戯れるアイクの姿は、そのような祭りに参加しているネイティブにつながるのかもしれない。

アイクと牝牛の道行きは、神話やロマンスのような格調の高さとモック・ヒロイックなベーソス、急落の危ういバランスをかろうじて保つ。森で牝牛と戯れるアイザックは理想のファウヌスになりえたかもしれない。しかしランプ・スノープスはアイク・スノープスと牝牛のセックスを利用し、農民たちにその現場をのぞき見させて見物料をとる。この忌まわしいビジネスは、V・K・ラトリフが毅然としてやめさせる。しかし牝牛を殺してそれをアイクに食べさせるという荒療治の結果、アイク・スノープスはまったく活気を失ってでくの坊のようになる。アイクにとって牝牛が処分されることは、ベンジー・コンプソンにとっての去勢手術に相当する。ただしベンジーが去勢された自らの身体に気づくのは、鏡に映る自分の裸の姿を見たときだけである。『響きと怒り』では、去勢手術の体験はきらきら光るわけのわからない光景として立ち上がり、去勢は欠如のイメージとして時折、鮮明化する。しかしクエンティンが、宦官となってセックスとは無縁の平静を得ることを夢想するように、この小説では性の消失は比較的、審美的に読者に伝わる。それに比べると、牝牛を失って納屋の奥で哀れな声を上げているアイザック・スノープスの姿は、去勢されたわけではないが、「ぶ厚く女性的な、でんとした尻」(*H* 294)など、身体的な弛緩、不潔さが強調されている。ベンジーやアイザックは、社会の良識や法体制によって冷徹に統御される対象である。

　ではアイザックが性を享楽する自由奔放なファウヌスになれず、制裁を受けて、性欲が失速した哀れな獣のような姿をさらすのは、スノープス一族の一人ランプ・スノープスのあこぎな商売のせいだろうか。それともラトリフが図らずも代表となった、ピューリタン的な共同体のモラルによるのだろうか。またアイク・スノープスの末路は、作者にとって、あらゆる境界を超えようとする芸術家の末路としても頭をよぎるのだろうか。火事場から牝牛を救い出すというアイクのエピソードの元になるのは、フォークナーが「牝牛の午後」と題して一九三七年六月、フランス人のフォークナー研究者モーリス＝エドガー・クワンドローらに披露した話である。この粗野でコミカルな短編では、「フォークナー氏」とい

う作家が火事の際に、自分の農場の牝牛を助けようとして糞を浴びせられている。(6)

2.3 交換取引

アイザックの後見人はフレム・スノープスだが、アイザックの牝牛事件の際、フレムはテキサスに新婚旅行中であり、連絡が取れなかった。フレムが父権を発揮してアイザックの行為をやめさせたのではなく、ラトリフがやむを得ず、代理父として行動を起こしている。しかしラトリフは独善的、または専制的なピューリタンの父ではない。彼はむしろアイザック一人の幸福と村全体のモラルを秤にかけて、多数の公共利益を優先せざるを得ないと結論しただけだ。ラトリフの倫理観は、絶対的な価値よりも、数量的な相対的価値を基本としている。さらに彼は他のスノープスたちと話し合い、アイザックの牝牛を屠ることの補償交渉まで見届けている。金銭的な公平さや、最大多数の幸福を基本とする判断による獣姦禁止は、理解しやすい。しかしアイザックが牝牛の代わりに与えられた木製の牛のおもちゃは、恋の破綻を既製品の代替物で償う便宜的交換社会の卑小さを強調する。

小説『村』には多くの交換取引があり、フォークナーはスノープス三部作で新南部の経済体制に本格的に取り組んだ、といえる。しかし交換や取引という損得に関わるモチーフは彼の前期小説から存在する。『響きと怒り』では、ベンジーが愛していた牧草地が、クエンティンのハーヴァード大学進学のために売り払われる。しかしクエンティンはハーヴァードに入学して一年もたたないうちに自殺したので、牧草地を売り払ったことは、いわば無駄になる。『村』では、セックス・シンボルであるユーラ・ヴァーナーが、女にはまったく興味のなさそうなフレム・スノープスに嫁がされることがわかると、ラトリフはそれをゆゆしき浪費だと憤慨する（*H* 176）。人の生死も愛も、損得で計算できる。『死の床に横たわりて』でもアディ・バンドレンは、不義の子ジュエルを産んだ埋め合わせに、夫のためにもう一人産んだ、と言ってのける。そのアディの遺体を彼女の遺言通りジェファソンの町へ運ぶ家族も、町で入れ歯や蓄音機を手に入れたり、堕胎手術を受けることを、それぞれ労苦の報酬として算段している。『響きと怒り』でジェイソン・コンプソンは、自分が銀行に就職できなかったのは姉キャディのせいだとして、彼女から送られてくる娘クエンティンのための小切手を着服することに良心の呵責を感じない。さらに彼は株にも手を出している。フォークナーは交換取引や、現金の見えない手形や小切手、株式市場のからくりなどに最初から関心は持っていた。

ジェイソンの損得勘定の狭量さや株売買への執着は滑稽だが、『村』ではその交換、取引のテーマが小説の中心となる。しかも金銭的な欲望が交換取引の根本にあるにもかかわらず、『村』ではしばしば交換のゲーム性が損得を凌駕してしまう。『村』の冒頭アブ・スノープスは、牝牛の乳からバターを作れるように、妻が欲しがっている攪拌機を買いに町に向かう。しかしその途中で狡猾な馬商人パット・スタンパーとの馬取引に挑む。そこで結局アブは完敗するのだが、だましあいの交渉で同じ馬やラバが姿形を変えられて行ったり来たり交換されるうちに、読者は混乱してくる。挙げ句の果て、アブの妻は飼っていた牝牛を手放してそれと交換に攪拌機を手に入れるが、肝心の牝牛を売ったので、攪拌機に入れる牛乳はもらい物しか使えない。それでも彼女は満足そうに攪拌機を回してバターを作った、という落ちは南部ヒューモアだ。しかし残酷でもある。めまぐるしい交換取引の元の目的は、まったく意味をなさなくなっている。

ラトリフがフレム相手に仕掛けた山羊売買は、アブがスタンパー相手に挑んだ取引以上に複雑である。ミンク・スノープスがフレムの名前でサインしたミシン受取証や、フレムがアイク・スノープスあてにふりだした手形、ミシンの委託販売手数料などが入り乱れ、損得計算がしづらい。(7) しかも売買ゲームの対象は山羊で、ファウヌスを連想させる。フォークナーの初期作品では生命や性の力、または芸術家があこがれる自由奔放な生き方を象徴していたファウヌスが、取引対象、金儲けの道具と化している。さらにラトリフとフレムのどちらがもうけてどちらが損をしたのか、具体的な数字がなく読者にはよく理解できない。ファウヌスにも通じるはずの山羊は、金銭的な損得すら超越した交換ゲームの空虚なコマでしかないのかもしれない。

もっとも山羊売買ゲームの過程でラトリフは、本来アイザック・スノープスの金だった一〇ドルが、後見人で親戚のフレムのものになっていると知る。そこでラトリフは一〇ドルとその利息分を計算し、それにまだいくらか足して合計一六ドル八〇セントを、アイクの面倒をみているミセス・リトルジョンに手渡す (*H* 97)。そしてアイクに必要な物を買うのに使ってくれと言う。交換がひっきりなしに行われるテクストの中で、ラトリフの寄付は、数少ない贈与行為となる。一方、牝牛の元の所有者ヒューストンはアイクの執着に音を上げて、牝牛をただで彼にやってしまおうとする。しかしミセス・リトルジョンはそれを断固拒否し、牝牛の代金としてラトリフからもらった金を支払った。ミセス・リトルジョンは、正義をただそうとするラトリフの善意の寄付は素直に受け取った。しかしアイクを見下して、厄介払いのように牝牛をやろうとするヒューストンの贈与行為に対しては、あくまで通常の商取引を主張し、対等な取引を敢行する。

このエピソードはのちに、ラトリフがアイクと牝牛のセックスをやめさせようとしたときに関わってくる。ミセス・リトルジョンは、アイクの牝牛を殺すのであれば、彼女がヒューストンに支払った代金を牝牛の所有者であるアイクに弁償するように主張する。こうしてアイクが牝牛とセックスするという私的な権利は否定されるが、牝牛の所有者としての彼の権利は守られる。処分する牝牛の代金を払うこと、すなわち資産取引の公正を保証することが、アイクのプライベートな権利の侵害を補償し、村のモラルを守るために払うべき代価となる。

アイクと牝牛の行為をやめさせようとするラトリフは、アイクの唯一の幸福を取り上げる自分の行為が必ずしも正しいとは思っていない。また殺される牝牛の代金をアイクに払うよう、彼が主張したわけではない。しかしランプ・スノープスのあくどいビジネスを阻止するには、そのような対処法しかない。ラトリフの介入もミセス・リトルジョンがアイクの尊厳を守るために公正な商取引を要求することも、彼らの善意による。だがいずれの場合も、金銭取引という交換が社会秩序の基準として用いられる。もはや父権社会の権力者が、自らの権威だけで共同体のモラルや正義を指導監督する力はない。また金銭的取引は数量的な相対的価値に基づくので、個人のかけがえのない思いは考慮されない。

『響きと怒り』でクエンティンは、父が処女喪失を断罪できないこと、また体裁のための結婚が行われることに絶望する。しかし『村』ではセックスも、フレムとユーラの結婚にみられるように交換取引の対象である。獣姦も見物料を払えばのぞき見できるし、それをやめさせるときも交換取引が共同体のモラルの問題を処理してくれる。性愛に最上の喜びを見いだすファウヌスの要素を持っていたアイザック・スノープスは、ピューリタン的共同体はおろか、交換と利益至上主義の社会でも生きられない。そこは、ファウヌスに代表される生命力を言祝ぐ芸術家も生きにくい場所であろう。またアイザックは、厳密に言えば純粋無垢なファウヌスではない。彼はヒューストンにもらった五〇セント硬貨を落として必死に探し回るし（*H* 195-97）、牝牛に与える飼い葉を他人の納屋から盗む知恵もある（*H* 199-200）。貨幣の意味や私有権を正確に理解していないとしても、利益や処罰を受ける可能性は感じ取っている。フォークナーには、初期にマラルメをまねて書いた詩「牧神の午後」（*EPP* 39）があるが、一九三七年にはそれをもじった短編「牝牛の午後」が書かれた。そして豊満なユーラは、『村』冒頭の馬取引でアブ・スノープスの妻が売る羽目になった牝牛、さらにはアイクの愛の対象となるも処分されてしまう牝牛ともつながり、父権制社会や交換取引の犠牲となる。

2．4　父権と交換取引

封建的な社会における父権制の権威と資本主義社会の交換取引の論理は、都合良く同時に利用されることもあるが、必ずしも共存しない。旧家として通るコンプソン家でも、クエンティンの弟ジェイソンの時代には、ジェイソンが振りかざす家長の権威も地に落ちる。彼が横領していた姪クエンティンの金は、被保護者であるはずの彼女に持ち逃げされてしまう。一方『村』のジャック・ヒューストンとミンク・スノープスの争いで、ミンクは旧式な父権代表者の寛容さをあてにしていた。所有する子牛がヒューストンの私有地内で草を食むのをミンクが放置したのは、飼料代を節約するという打算に加え、富裕農民であるヒューストンはそれを黙認する度量があってしかるべきだ、と勝手に考えたためだろう。しかしヒューストンはミンクに飼料代を厳密に請求し、裁判所もそれを認めてミンクを怒らせた。しかもミンクがヒューストンを殺害して逮捕され、裁判にかけられても、スノープス一族の長であるフレムはユーラとの長期新婚旅行から帰らず、ミンクを見殺しにする。フレムが自分を助けるのは族長として当然の義務だ、と考えていたミンクは裏切られ、のちに彼がフレムを殺害する動機となる。

ミンクの思い込みや行動は常軌を逸しているが、彼は血族の絆、家父長の責任や扶養義務を重視し、ヒューストンや裁判所のような、契約書や法律ですべてを取り仕切る思考を否定する。子牛の私有地侵入が発端となったヒューストン殺害事件は、旧父権社会と交換取引の論理のずれを明らかにする。一方、この事件でランプ・スノープスが金を横取りしようとミンクにつきまとうと、ミンクは彼にチェッカーゲームを持ちかけて、その執拗な追及をやり過ごそうとする。ヒューストンの死体を始末する現場の凄惨さと、盤上のゲームの落差は激しい。ミンクは復讐と貪欲に支配されてはいる。しかし彼は自らのすさまじい欲望も、憤怒のもととなる旧父権社会の理想も、つまるところゲームと同じく空中楼閣にすぎない、と無意識のうちに察しているのかもしれない。そして族長フレム・スノープスは、アイザック・スノープスが見世物化された時と同様、不在であることによって、すべての責任を免れる。ミンクは、物欲と、族長社会崩壊の狭間で絶望的な怒りに駆られて自滅する。

2．5　父権の凋落

『村』では、『アブサロム、アブサロム！』で南部父権制社会の頂点である荘園主を目指したトマス・サトペンの生き方そのものも、フレムによって否定されている。サトペンもフレムも貧しい少年時代を過ごし、サトペンの財力形成に不正な手段が使われたことは作中にもほのめかされている。しかし少なくともサトペンは、自らも肉体労働をいとわずにサトペン荘園建設に邁進するたたき上げの男（"self-made man"）であった。それはフレムが常に詐欺的な取引で出世するのとは違う。フレムが土地を耕すのは、オールド・フレンチマン屋敷の敷地内にお宝が埋まっていると思わせてラトリフらにその土地を買わせるため、夜中にそのあたりをこっそり掘って見せたときだけだ。さらにサトペンは、ハイチで農園主の娘と結婚できたにもかかわらず、彼女に黒人の血があるらしいと知ると結婚を解消してはじめからやり直す。荘園主になるために、彼は白人の純血主義という南部社会特有の掟に忠実に行動する。他人の子を宿した妻を利用し尽くし、貪欲だけで行動するフレムに比べると、旧南部社会のコードをあくまで尊重するサトペンはいじらしくさえ見えてくる。

こうして『村』のフレム・スノープスは、実利のみを追求する生き方によって、ある意味、クエンティン・コンプソンがサトペン家の真実を追求したのよりはるかに効果的に、サトペンの生き方を否定している。いやフレムはそもそも父の権威という代物を、『村』の最初の方であっさりと破壊してしまう。フレムの父アブ・スノープスは、黒人ばかりでなく貧乏白人《プア・ホワイト》も搾取する大地主に反感を持つ小作人で、自分を雇った荘園主の納屋に放火する常習犯である。フォークナーは当初、そのことを詳しく記した「納屋は燃える」という短編を『村』の冒頭部で使用するつもりでいた。しかし雑誌『ハーパーズ』に一九三九年掲載されたこの短編は結局、小説では使用されず、そのエピソードがわずかにラトリフによって言及されるだけになる。アブの存在は小さくなり、「納屋は燃える」の主人公でアブの末息子であるサーティ・スノープスも、『村』では最初から行方不明である。

フォークナーは「納屋は燃える」を気に入っており、『短編集』（1950）には収録している。ここで反社会的な貧乏白人《プア・ホワイト》として異彩を放つアブは、少年サーティにとっては南北戦争を戦った偉大な男であり、家族に絶対の服従を誓わせる怖い父だった。それでもサーティは社会的な良心に駆られてド・スペイン少佐に父の納屋放火を知らせに行き、間接的に父を殺してしまったのではないか、と不安に駆られる。行き場を失って彼が森へ向かう結末は、罪悪感にさいなまれる息子が今後、様々に葛藤する展開を予想させる。しかし『村』ではこの話は使われなかった。また小説冒頭、アブが名うての馬商人との取引に負けた話をラトリフが語る時、アブ・スノープスが「納屋は燃える」で持っていた強烈な反社会性は、南部ヒューモア的な語りで薄れてしまっている。ラトリフはその後、アブの長男フレムがヴァーナーの店の店員になって以来、アブがヴァーナー所有の立派なラバ二頭を借りて耕作していることに気づく。そこでラトリフはアブについて、息子とラバをうまく交換したな、と推測する（*H* 53）。しかし彼の推測は間違っている。アブが動いたのではなく、息子のフレムが納屋放火の常習犯である父を利用して、父の行動を監督することと自分の就職を交換取引したのだ。『村』でアブ・スノープスは、息子に就職のための交渉道具として利用されている。「納屋は燃える」で父殺しの可能性におののく少年サーティ・スノープスは、『村』では居場所がない。

3．パロディの行き着くところ

3．1　フレムとラトリフ

以上、『村』に見られるパロディの対象として、娘の処女性、初期のフォークナーが掲げた芸術家の理想としてのファウヌス、そして交換取引を検討し、そこから父権の失墜、金銭的利益追求とその犠牲になる人間の性と芸術、さらに果てしない交換の空虚さを指摘した。もはや父親が旧家の長であれ貧乏白人《プア・ホワイト》一家の長であれ、旧南部社会の父の権威は失墜している。フォークナーは、小説『村』の源となった未完の原稿を『父なるアブラハム』と名付けているが、『村』ではアブラハムの名前はない。アイザック・スノープスが、アブラハムの息子イサクの名前をもらってはいる。たしかに、破格の性的エネルギーが豊富なアイク・スノープスは、自分の子供を持たぬ一族の長フレムに対する強烈な皮肉である。しかし牝牛に執着したアイザックが今後子孫を残すかどうかは疑わしいし、族長直系の血族無しでもスノープスという名前を持つ者が増殖していくことが、スノープス一族の特徴である。血のつながりによる結束が保証されない近代社会では、人びとが共に生きるための基本的な倫理、社会基盤となるべき「父」の法は一層必要である。しかし金儲けに専念するフレム・スノープスはそのような根源的な掟や社会体制には無関心で、無表情なフレムが体現する虚無が社会をむしばむ。

南北戦争後、旧南部の家父長制に陰りが見え、経済体制が、土地を媒介とする荘園主と小作人の因習的な契約形態から現金や手形中心の交換経済へ変化する中、人びとの関心は土地や生産物そのものよりも商取引の交換ゲームに移る。ミシンの割賦販売巡回セールスマンであるラトリフもこのようなゲームに長けており、彼は新南部社会でフレムの好敵手となる。しかし山羊売買競争でラトリフは、フレムに金銭的に利用されているアイザック・スノープスに自分の利益を与えた。ラトリフは売買ゲームの結果を、社会的正義という有意義な意味に変換して、所有欲にまみれたスノープス主義に反旗を翻す。

それではラトリフが、フレム・スノープスに対して社会のあるべき規範を示せる指導者だろうか。テキサスから来た男による斑馬競売はフレムの差し金だが、この競売は、野生の暴れ馬が実際どんな役に立つのかフレンチマンズ・ベンドの農民たちに考える暇も与えず、狂乱と興奮のうちに終わった。村人たちの熱狂には、村のヴィーナスともいうべきユーラをフレム・スノープスというよそ者にとられた悔しさの反動もあるだろう。ここでは性的欲求不満という身体的要素を含めて、競売で農民たちを操るのはもはや昔の大荘園主ではなく、より顔の見えにくい経済市場が誘う交換ゲームである。一方、共同体固有の農民ではないラトリフは、冷静に事態を眺めている。競売では、指名した斑馬を捕まえることもできないヘンリー・アームスティッドが、大けがをする。だが、そこでアームスティッド夫人が契約解消を申し入れてフレムに拒否されても、ラトリフは介入しない。彼は、アイザック・スノープスのような知的障害というハンディキャップを持った人間が搾取されている場合は助けるが、独立した人格を持った他人の取引には立ち入らない。また、ラトリフにも他人を出し抜いてもうけたいという欲はある。彼は結局フレムにだまされてオールド・フレンチマン屋敷の土地を買い、フレムがジェファソンへ進出するのに貢献してしまった。アイザック・スノープスと牝牛の件で明らかなように、ラトリフのプラグマティズム的見識には限界もある。州や郡の境界を自由に出入りする巡回セールスマンは、地域共同体社会の根本的な規範を制定する「父」とはならない。

パロディは、バフチンが指摘したように、誇張や、繰り返しオリジナルの複製化をすることで元の意味を変化させ、権威を破壊する下克上のエネルギーを持っている。『村』では、賢しげなラトリフや芸術家もパロディの対象となる。ラトリフはアームスティッド同様、隠された財宝に踊らされてフレムに負ける。フォークナーの初期の詩的理想を具体化したファウヌスは、『村』では交換取引に使われる牝牛や山羊となる。自分が希求する作品だけ書いて生計を維持することができない作家は、父権のみならず自らの理想についても、パロディによる解体を試みる。それではフォークナーは笑いによって自らの文学世界を切り崩す危険を冒しつつ、フレム・スノープスの生き方を批判する新たな語りを達成したのだろうか。

初期のフォークナー作品には牧神のほかにも、「カルカソンヌ」(1931) で真二つに切られても空を天翔けていくペガサスのような馬や、『父なるアブラハム』で農民たちには制御できない奔放な野生の斑馬がいた。しかし「カルカソンヌ」の夢見る貧乏詩人は、天翔る馬を夢見ても、実際にはスタンダード石油の食堂の屋根裏部屋で死ぬ可能性が高く、斑馬競売の裏にはフレム・スノープスがいる。『村』冒頭でのアブとパット・スタンパーの馬取引のように、巧妙に化かされて詐欺まがいの取引に使われる馬もある。一方、ヒューストンの妻は、まだ新婚のうちに、夫からもらった馬に蹴り殺される。彼女は夫も馬も制御できると考えた報いを受けた、という解釈もできるが、彼女の死後ヒューストンがますます偏屈になっていくことを考えれば、この馬は人間に制御できない自然そのものかもしれない。

しかし『村』で最後に登場する馬は、より現実的である。小説の最後、ヘンリー・アームスティッドがオールド・フレンチマン屋敷の埋蔵金を探して狂ったように掘り続ける現場に、フレム・スノープスが荷馬車で通りかかる。そこでフレムはいったん立ち止まった後、いつもの習慣でつばを吐き、馬に「行け」と命じて手綱を動かす。ここの馬は主人フレム・スノープスの命令に従う、ただの馬である。競売にかけられた野生の斑馬やヒューストンが妻に贈った馬のように、人を蹴散らすこともない。しかしこのときのフレムと馬や、彼の姿をじっと見つめる無言の農民たちの描写は、写実的かつ高度な批判的視点を備えている。フォークナーは『村』で、理想の破壊や意味の空虚化という現実とそれに対する乾いた哄笑を、リアリズムとパロディ双方を駆使して語り、ヨクナパトーファ郡を混沌としたポストモダンな地平へと導く。しかしフレムに御される馬や、沈黙したまま彼を凝視する農民たちの光景は、フレムの非人間的な搾取に対する怒りを秘めたまま、読者に手渡される。

3．2　アイザック・スノープスとアイザック・マッキャスリン

新南部が直面した資本主義社会の問題は、それ以前の旧南部奴隷制父権社会の問題と全く無関係ではない。フォークナーは次の小説『行け、モーセ』で、祖父伝来の土地財産継承を拒否した主人公を描き、大森林破壊をもたらす産業社会と南部奴隷制社会の問題を新たに検証する。アイザック・スノープスが『村』に登場した二年後、『行け、モーセ』ではアイザック・マッキャスリンが主人公となる。二人のアイクには、ファースト・ネームの他には何の共通点もなさそうだが、フォークナーはなぜこの「アイザック」の名前にこだわったのか。アイザック・マッキャスリンについての詳細な議論は次章に譲るが、ここではその前提として、小説『村』のもととなった『父なるアブラハム』に登場するフレム・スノープスとアブラハムの関連、さらに「アイザック」という名前に関してアイザック・マッキャスリンのイメージが、一九三四年頃から『村』出版の一九四〇年にかけて次第に膨らんでいく過程を確認しておきたい。

一九二六年から二七年にかけて書かれながら未完に終わった『父なるアブラハム』に、アイザック・スノープスは登場しない。しかし題名の「アブラハム」が旧約聖書のアブラハムを示唆することは、

『土にまみれた旗』でフレム・スノープスについて、「いにしえのアブラハムのように」(*FD* 678) 親族を次々と町へ引き入れた、と書かれていることからも明らかだ。ただし『父なるアブラハム』のアブラハムは、エイブラハム・リンカーンをも示唆している。[8] この未完作品が書かれた一九二六年頃、フォークナーがニューオーリンズで知り合ったシャーウッド・アンダソンは、リンカーンの伝記『父アブラハム』(*Father Abraham*) を執筆中であった (*FB* 527)。またフォークナーの『父なるアブラハム』には、ウォルト・ホイットマンがリンカーンの死を悼んで書いた「先ごろ前庭にライラックが咲いたとき」の影響も見られる。ライラックの花はないが、代わりに林檎や桃の花が咲く。ホイットマンが謳う西空の星の代わりに月がしばしば言及され、ツグミの代わりにマネシツグミの鳴き声が響く (*FA* 29, 63, Whitman 328-37)。

リンカーンは南部人にとって宿敵であるが、南北戦争後の困難な時代に彼が生きていたら、南部社会もこれほど過酷な事態にはならなかったかもしれない、という願望も抱かせた人物であった。第一次世界大戦時には、リンカーンという国父的な存在が強調されることで、アメリカ合衆国が一体として戦う戦略にも使われている (Barry Schwartz 217-18, 245-47)。『父なるアブラハム』に「先ごろ前庭にライラックが咲いたとき」のイメージがほのめかされていることは、南部敗戦後の南北統一に寄与したはずのアメリカ合衆国大統領の死を暗示し、この作品に、春の豊かな生命力とともに、非業の死を遂げた理想の父の影も投げかける。不在の父は、合衆国の理想として機能する「父」の法となるはずだった。しかしその代わりに登場したのがフレムである。

『村』でフォークナーは、アブラハムの息子イサクと同じ名前を持ち、フレムが後見人を務めるアイザック・スノープスを導入した。そこにはアイザックを金銭的に利用する族長フレムへの皮肉がある。一方、「アイザック」という名前は一九三〇年代中頃から、マッキャスリン姓の別人でヨクナパトーファに登場している。アイザック・マッキャスリンは一九三四年二月『サタデイ・イヴニング・ポスト』誌掲載の短編「熊狩り」で、老人狩人として初めて姿を現す。ここで彼は腕のいい狩人という以外、特に目立った存在ではない。また一九三五年冬から春のあいだに書かれ、一九三六年八月、『スクリブナーズ』誌に載った「馬には目がない」に登場するアイザック・マッキャスリンも端役である。そこではアブ・スノープスではなく、スーラット（後のラトリフ）の父が名うての馬商人パット・スタンパーと馬売買をするが、彼は妻のために攪拌機を買いにアイク・マッキャスリンを訪れている（*US* 128）。「馬には目がない」は後に『村』冒頭の、アブ・スノープスとパット・スタンパーの馬をめぐる話になる。以上二つの短編の語り手はラトリフ、またはその前身のスーラットで、いずれも南部ヒューモア的な語りである。

一方「馬には目がない」とほぼ同じ時期に書かれ、一九三五年一二月『ハーパーズ』誌掲載となった「ライオン」に登場するアイク・マッキャスリンには、シオフィラスという孫がいる。ここでのアイクも、ベテラン狩人ではあるが重要人物ではない。だが「ライオン」の語り手は少年クエンティンで、伝説の大熊がついに仕留められるという、のちに『行け、モーセ』で展開される重要な話を語っている。つまり「ライオン」のクエンティンの体験が元となって『行け、モーセ』でのアイク少年の大熊体験に変わる。しかしアイク・マッキャスリンは、『行け、モーセ』で主人公として起用されるまでは、一九三〇年代中頃から南部ヒューモア系と狩猟系双方の話に、端役の老人として登場していた。

一九三四年一〇月、『サタデイ・イヴニング・ポスト』に掲載された短編「退却」に登場するシオフィラス・マッキャスリン（アンクル・バック）は、南北戦争中、血気盛んな南部人だった。彼は一九四二年出版の『行け、モーセ』では、アイク・マッキャスリンの父である。フォークナーは『アブサロム、アブサロム！』の原稿を一九三六年一月に完成したが、この小説にもシオフィラスはチャールズ・ボンの葬儀に突然登場し、南軍兵士としてのボンを弔っている。同年一二月、『サタデイ・イヴニング・ポスト』誌掲載の「ヴァンデー」続編でもアンクル・バックの性格は蛮勇好みで、少年ベイヤード・サートリスの仇討ちに加勢している。しかし「退却」や「ヴァンデー」も加筆修正して組み込まれた一九三八年出版の小説『征服されざる人びと』は、サートリス大佐の息子ベイヤード・サートリスが南北戦争後、精神的に成長する姿まで見届ける。ベイヤードは父を殺したレッドモンドを復讐で射殺するようなことはしなかった。さらにこの小説では、シオフィラスとアモディーアス・マッキャスリンの双子が南北戦争当時から、奴隷解放につながる革新的な考えを持っていたことも、わずかながら書かれている。

一九四〇年出版の『村』では、双子兄弟の反奴隷思想の話は全くでてこない。ラトリフが、シオフィラス・マッキャスリン（アンクル・バック）から聞いた話として、アブ・スノープスは南北戦争中に馬を盗もうとしてサートリス大佐に脚を撃たれた、と述べるだけである。またアイザック・マッキャスリンについては、彼が自分の古い納屋でアブ・スノープス一家を一冬過ごさせた、と語る村人タルの話があるのみだ。一九三〇年代後半から一九四〇年の『村』まで、アイザックは、シオフィラス・マッキャスリンの息子であるらしいというだけの老人で、「ライオン」では孫もいる。だが『征服されざる人びと』で南北戦争後の若きベイヤード・サートリスの精神的成長に踏み込み、『村』でフレム・スノープスがのし上がっていく話を書いたフォークナーは、次の小説『行け、モーセ』でアイザック・マッキャスリンの生涯を中心に、旧南部の奴隷制問題を改めて書くことになる。

『村』で、知的障害者アイザック・スノープスに旧約聖書のアブラハムの息子イサクを皮肉に重ねた作者は、この小説冒頭に端役で登場させたアイザック・マッキャスリンの潜在的可能性に気づいたのではないか。『征服されざる人びと』で反奴隷制思想を示した双子兄弟の息子となるアイザックは、奴隷制に対する革新的意識をどのように受け継ぐだろうか。フレム・スノープスは実子なしにスノープス一族とその金儲け主義をはびこらせ、アブラハムの息子イサクの名を持つアイザック・スノープスは、その不毛性の象徴ともなる。翻って、多くの奴隷を抱えていた旧家マッキャスリン一族代表としてのアイザック・マッキャスリンは、その責任と行動が問われる。『村』で金儲けに専心するフレムに対し、『行け、モーセ』で祖父伝来の荘園、財産を放棄するアイザック・マッキャスリンは、清貧の人である。しかしアイザックは祖父の遺言に従って、祖父の血を受けた黒人のビーチャム家の人びとに金を届けようとするだけである。彼は、フレムに対するアイザック・スノープスの皮肉な存在と比べて、どれだけ祖父の生き方を批判できているだろうか。

『村』では黒人差別の問題は取り上げられていない。しかし「納屋は燃える」のアブ・スノープスは、貧乏白人《プア・ホワイト》が黒人同様、白人上流階級に搾取されていることに怒っている。『村』でアブの息子フレムは、なりふり構わず金を儲けることで、上流階級に成り上がる兆しをつかむ。そしてフレムが金銭的に成功していくことを、誰も止めることはできない。貧しい人間も経済的に成功する機会が保証されているのが、アメリカ民主主義社会である。しかし黒人には、その挑戦の機会が基本的に閉じられている。南部奴隷制と資本主義社会の問題は次作『行け、モーセ』で、マッキャスリン家の話となる。アイザック・マッキャスリンはアイザック・スノープスと違って、神への犠牲として差し出されるだけではなく、一族の罪をあがない、神の許しを得られるだろうか。

『村』では、『響きと怒り』の登場人物ベンジー、キャディ、そしてクエンティン・コンプソンが密かにパロディ化され、フォークナー初期作品の芸術至上主義も揶揄されて、交換ゲームが社会を席巻している。『行け、モーセ』では、アイザック・マッキャスリンが『アブサロム、アブサロム！』のクエンティンから姿を変えた形で、資本主義社会が到来する南部の人種問題に挑む。一九三五年の短編「ライオン」で少年主人公クエンティンは、大熊の死に立ち会うばかりでなく、大熊にとどめを刺すのに関わったブーン・ホガンベックが大森林の木に群がるリスを独り占めしたがる現場にも遭遇していた。自然破壊をもたらす人間の物欲は、一九三〇年代半ばから、人種問題と共にフォークナーの強い関心事となった。『響きと怒り』でジェイソンを含めたコンプソン家の子供たちが、旧家が没落する中で直面した挫折や失望、南部父権社会の問題は、『村』のフレム、アイザック・スノープス、ユーラ・ヴァーナーの生き様を経て『行け、モーセ』に至ると、アメリカ合衆国全体に及ぶ資本主義経済と人種差別の問題として、アイザック・マッキャスリンが向き合うことになる。

注

（1）"Myths explain how things came to be; they tell us how we got here, and why things are the way they are.... Apocrypha, on the other hand, exists as a *challenge* to the real by offering alternatives to what is commonly accepted as authoritative, official or genuine."（Urgo 14）

（2）"too much of leg, too much of breast, too much of buttock; too much of mammalian female meat...."（*H* 111）

（3）J・T・マシューズは二人の娘について次のように述べている。"Eula Varner Snopes is a heavy, grotesque parody of Caddy Compson; the characters and narratives of both novels associate the two adolescents with perfect virginity, natural innocence, and transcendent significance."（Matthews, *Play* 199）

（4）"Here in the dusk, nymphs and fauns might riot to a shrilling of thin pipes, to a shivering and hissing of cymbals in a sharp volcanic abasement beneath a tall icy star."（"The Hill," *EPP* 92）

（5）"They were in the hills now, among pines. Although the afternoon wind had fallen, the shaggy crests still made a constant murmuring sound in the high serene air.... Then the milk came down, warm among his fingers and on his hands and wrists, making a thin sharp hissing on the earth."（*H* 198-99）

（6）"Afternoon of a Cow," *US* 424-34, 702-03 参照。グリムウッドは、この短編中の人物である作家フォークナーと秘書から、作者フォークナーの牧歌や芸術についての考えを考察している。Grimwood, *Heart* 3-8, 179-80.

（7）ブルックスは、この取引の損益について詳しい注で検討している。Brooks, *Yokna.* 402-06 参照。

（8）ホームズは、「アブラハム」について旧約聖書のアブラハムの他、シャーウッド・アンダソンが書いていたエイブラハム・リンカーンの伝記や、ベンジャミン・フランクリンの *Poor Richard Improved* の「序文」に出てくる"Father Abraham"について言及した Andrea Dimino の論文にも触れている。（Holmes 7）

第三章

『行け、モーセ』の混沌

――名前、系図、父権

1. はじめに

1．1 『行け、モーセ』の読みにくさ

一九四二年に出版されたウィリアム・フォークナーの小説『行け、モーセ』の読みにくさは、同じ作者による一九二九年出版の『響きと怒り』の実験小説的な難解さとはまた異なる。後者にみられるモダニズム的技法とは違い、『行け、モーセ』は、多くの登場人物たちがよく似た名前を持っていたり、親族関係が複雑である、といった事実関係の複雑さでまず読者を惑わせる。

たとえば、主人公アイザック・マッキャスリン[1]の祖父はルーシャス・クインタス・キャロザーズ・マッキャスリンという名前だが、祖父の娘の孫はキャロザーズ・マッキャスリン・エドモンズで通称キャ

ス、そしてそのキャスの孫はキャロザース・エドモンズで通称ロスである。またルーシャス・クインタス・キャロザーズ・マッキャスリン（以下、老マッキャスリンと記す）の双子の息子シオフィラスとアモディーアスには、それぞれアンクル・バックとアンクル・バディという呼称がある。

さらに老マッキャスリンが黒人奴隷ユーニスに産ませた娘トマシーナと、白人の当主で彼女の父でもある老マッキャスリンの間にできた息子テレルは、母トマシーナの名前からトミーズ・タールと呼ばれる。また、トミーズ・タールが結婚相手のテニー・ビーチャムとの間になした息子の一人の名前はジェイムズだが、ふつうテニーズ・ジムと呼ばれる。黒人奴隷の子供は母親の名前さえわかればよく、姓や父親の名を示す必要もないかのようだ。一方、テニーズ・ジムの弟ルーカスの正式名は、ルーカス・クインタス・キャロザーズ・マッキャスリン・ビーチャムでビーチャム姓だが、彼の白人祖父に当たる老マッキャスリンとは、「ルーカス」、「ルーシャス」とファースト・ネームが少し違うだけだ。このように登場人物の名前だけでも混乱するが、老マッキャスリンの妻やアイクの妻、ロス・エドモンズの愛人などは、名無しである。またルーカスの妻モリー（Molly）・ビーチャムの名前は、小説最後の章「行け、モーセ」では“Mollie”と綴られる。

以上の登場人物説明からもわかるとおり、読者はマッキャスリン家の黒人系、白人系双方の家系図を理解するのも一苦労である。この作品が出版された当初、批評家ライオネル・トリリングが、この小説を読むのに家系図を書きながら読まねばならない、と文句を言ったのも道理である（Trilling 648）。小説冒頭の「昔あった話」で、シオフィラス・マッキャスリンとアモディーアス・マッキャスリンは、腹違いの混血の兄弟トミーズ・タールを奴隷として追いかける。しかしこの小説を初めて読む読者が、彼らの親族関係もあやふやな中で、その残酷さをその場でどれだけ理解するだろうか？　各章どうしの関連性もすぐには明確でない。フォークナーが、これは長編小説だ、と主張してランダム・ハウスに最初の題名の後半「その他の短編」を削除させたのは、この小説の第二版（一九四九年）からである（*SL* 284-85）。

また『行け、モーセ』では、奴隷制の問題と自然を破壊する産業社会、という二つのテーマが同居する。それぞれの章でも、たとえば「火と暖炉」で、詐欺まがいのコミックな古典的化かし合いの合間に、突如人種間の深刻な搾取や犠牲の問題が出現する。それは当時、金に困っていたフォークナーが、手っ取り早い収入源として雑誌に送った短編群をもとにこの小説を書いた、ということとも関係している。さらに「熊」第四章ではアイクとキャスの間で、歴史的かつ宗教的なアメリカ論や南部論議が延々と続く。これも狩猟がテーマであった大森林の物語に、白人による黒人搾取という深刻なテーマが継ぎ足されたためにその異様さが際立つ。これら物語形式上の破格は、二つのテーマに潜む共通の問題を暗示するが、読者はとるべきスタンスが定まらず、常に何らかの違和感をテクストに対して感じることになる。

読者が物語と一体化するのを阻むのは、語りの視点が時に微妙に移動することにもよる。たとえばサム・ファーザーズの母親は四分の一黒人の血をひくクアドルーンで、彼女の「裏切り」（*GDM* 162）によってサムは混血という身体の牢獄に苦しむことになった、という記述がある。これはもともとキャスの意見だが、アイクは親族キャスの見解をそのまま事実として受け入れてサムの悲劇を考えているようだ。また最初の短編「昔あった話」は、キャスの視点からひどく愉快な話のように語られる。しかしそれを聞かされるのは、奴隷の追跡と、結婚に執念を燃やす女性の策略が入り混じったドタバタ劇がもとで誕生することになったアイク・マッキャスリンである。その滑稽さと残酷さの二重性は読者がテクストに対して感じる距離感となり、一方アイクは、自分がこの世に誕生した意味を新たに紡ぎ出さねばならない。

フォークナーはいつでも読者に対する要求度が高いが、『行け、モーセ』は特にその傾向が強い。『アブサロム、アブサロム！』(1936)を読むときのような謎解きのスリルや、読者が共感して同化、または基本軸としたくなる登場人物もすぐにはみつからない。たしかに『響きと怒り』や『死の床に横たわりて』(1930)でも複数の語り手がいて、読者の立場は定まらないが、モダニズム的実験小説、と捉えて覚悟して読むのと違い、『行け、モーセ』は一見、ステレオタイプ的な旧南部小説にみえてそれが裏切られ、混沌と化す。小説全体が、南部ヒューモアの定式性と人種問題の残酷さや搾取の告発、狩猟物語の神話と聖性、イノセンスと経験、資本主義社会の自然破壊、アメリカ合衆国建設の意味、といった様々な要素の絡み合いとなっている。また、この小説は一方で名前に執着しながら、名無しで済まされる重要登場人物もいて、その落差がもたらす奇妙な不均衡、欠落感も大きい。

1．2　これまでの『行け、モーセ』批評の流れ

『行け、モーセ』の複雑さに対する批評家達の反応は様々だが、小説全体としては「悲嘆」や「喪失」がテーマだ、とはよく言われる。その悲嘆や喪失の正体を、登場人物や読者が言語化、もしくは儀式化して乗り越えようとすることの是非を論じたのが、ジョン・T・マシューズやジェイムズ・A・スニー

ドである。マシューズはこの小説における父の不在も指摘し、その欠落を埋めるためにアイクが強い父親像を形象し、かつそれに反抗することを必要としていたとも述べる（Matthews, *The Play* 215）。

マシューズはその後、『行け、モーセ』のプランテーション物語と大森林喪失物語が奴隷制批判と資本主義社会批判に分裂するのを、西洋啓蒙主義批判という統一テーマで総括したことがある（"Touching"）。もっとも啓蒙主義に基づく分類や、階級制度化の弊害を認めても、その解決策として神話（もしくは、起源の同一性、無分割）に戻ることはできない。それはアイク・マッキャスリンが陥った穴である。『行け、モーセ』の批評史は、その逆方向として、ポストコロニアリズムが強調する雑種性やボーダー地帯尊重へ向かった。その代表というべきフィリップ・ワインスタインは、この小説が白人男性中心主義から脱皮していく点を評価している（Weinstein, *Faulkner's Subject*）。ワインスタインが示した批評の方向性は、個別にみると、たとえばフェミニズム系ではダイアン・ロバーツが展開する。彼女は『行け、モーセ』で「母」が隠されがちであり、モリーのセクシュアリティもロス・エドモンズの黒人乳母としての意味も過小化され抑圧されている、と批判する（Roberts 55）。ドリーン・ファウラーもラカンを援用して、アイクが抑圧した母なるものとして、実母であるソフォンシバやアイクの妻などが帰還して彼を苦しめると指摘している（Fowler 151-58）。またサディアス・デイヴィスは、白人の黒人搾取について資本主義批判も絡めて追及する（Davis, *Games*）。

一方スーザン・ドナルドソンは、短編サイクル理論の観点から『行け、モーセ』を論じ、雑多な短編群がマッキャスリン家という「マスターナラティヴ」としてまとまらないのは、統一テーマに容易に従わない現実社会のありようを示している、という（Donaldson 129）。それは「短編サイクル」論の例証としては確かに有効である。ただし、『行け、モーセ』の人種混淆がテクストの語りに反映される、という意味では、この小説自体が「語りの混淆であり、原初の区分を否定的に逆転したもの」(Snead 205)だ、というスニードの指摘が簡潔かつ鮮やかだ。

『行け、モーセ』についてのこれまでの議論は、ともすると、そこに統一テーマを見いだすか、もしくはテクストの混沌をどのように意味づけて評価するか、ということに執着してきた傾向がある。本論考では、喜劇と悲劇が混じって統一テーマへの収斂が不能な『行け、モーセ』を、フォークナーのそれまでのテクストが抱え、解決しきれなかった問題の集積、作品の舞台であるヨクナパトーファという世界の亀裂として捉える。(2) テクストの混沌を評価する点では、上に述べた批評全体の流れに沿うが、『行け、モーセ』でフォークナーは、ヨクナパトーファの亀裂をもたらした南部の問題はアメリカ合衆国全体の問題でもある、と認識したのではないか。アメリカ合衆国が第二次世界大戦に突入寸前(一九三九年九月欧州戦不介入中立宣言、一九四一年三月武器貸与法成立、五月国家非常事態宣言(3))という状況でフォークナーは、自分が向きあってきた南部の課題は、南部だけではなくアメリカ合衆国全体の問題ではないか、と考えるようになっている。

『アブサロム、アブサロム!』でクエンティン・コンプソンは、人種混淆への恐れに代表される南部奴隷制社会の課題に直面した。『村』(1940)では、フレム・スノープスに即して、新南部経済勃興による社会変化がもたらす問題が描かれた。『行け、モーセ』でフォークナーはこれらの課題を、クエンティンより一世代早く南北戦争直後に生まれ、また彼よりずっと長生きしたアイザック・マッキャスリンを中心に、ヨクナパトーファというバベルの塔がきしむなかで検討する。第二次世界大戦にアメリカは参戦すべきかどうかという時点で、この作家は、南部の人種問題や経済構造の変化は合衆国全体の、ひいては世界規模の問題だという意識も持ち始めている。

『行け、モーセ』を読み解く方法として本論では、この小説が家系図や名前に執着していることを逆手にとり、主要登場人物を『響きと怒り』や『アブサロム、アブサロム！』に登場したクエンティン・コンプソンとも比較して、作品横断的に、南部奴隷制や利益優先の新南部経済を考える。フォークナーは『行け、モーセ』で、マッキャスリン家の複雑な家系図で読者を悩ませ、それまで追及してきた南部のテーマを輻輳させ、さらに展開する。それならば読者も、この混沌としたテクストを単独で解釈するのではなく、作者同様、今までのヨクナパトーファ郡作品の知識や登場人物を動員し、解釈の補助線をひいてこの小説の意味を考えることが許されるのではないか。

2．アイザック・マッキャスリンの系譜

2．1　クエンティン・コンプソンとアイザック・マッキャスリン

『行け、モーセ』では、フォークナーが少年クエンティンを主人公にして書いた「ライオン」(1935)や「昔の人たち」(1940) などの狩猟物語を下敷きに、大森林でのアイザック・マッキャスリンの成長が描かれる。また『これら十三篇』(1931) 収録の短編「正義」で、一二歳のクエンティンはサム・ファーザーズから、サムのもとの名前「ハッド・トゥー・ファーザーズ」の由来を聞いている。サムは白人、黒人、インディアンの混血で、『行け、モーセ』では少年アイザックに狩りの手ほどきをする重要

な役割を担う。

クエンティン・コンプソンは『響きと怒り』で妹との近親相姦を空想し、『アブサロム、アブサロム！』では、ヘンリー・サトペン、ジュディス、チャールズ・ボンという異母兄弟の近親相姦と人種混淆の問題を考えた。彼が背負った南部の奴隷制、父権制社会の問題は、『行け、モーセ』ではアイク・マッキャスリンが主人公となり、祖父による近親相姦と人種混淆として直面する。アイクは土地台帳を読んで、祖父が自分の娘に対して近親相姦を犯したことに感づいたとき、そこには「愛があったはずだ」(*GDM* 258)、と思いたかった。しかしそこに、『アブサロム、アブサロム！』のクエンティンがサトペン家の異母兄弟の間に想像したような愛の要素があろうはずもない。老マッキャスリンは、白人当主であることと金の力によって、黒人女性奴隷を意のままにしたのである。

アイク・マッキャスリンは祖父の行為を非難せざるをえないが、アイクの父親の人生にも、不可解なところはある。彼の父シオフィラスとその双子のアモディーアスは、ウエスト・ヴァージニア育ちの貧しいトマス・サトペンよりもっと早く、南部の裕福な荘園主の息子として生まれた。『征服されざる人びと』(1938) によれば、双子の一人でアイクの伯父に当たるアンクル・バディ (アモディーアス) は南北戦争でサートリス大佐の部隊にも入っている。しかしこの兄弟はマッキャスリン家の奴隷たちを母屋に移して、自分たちは小さな小屋に住んだ。さらに、息子をほしがったサトペンとは対照的に、独身を通して自分たちの代でマッキャスリンの本家を終わらせようとした兆候もある。

老マッキャスリンの娘が嫁いだエドモンズ家の息子たちが、老マッキャスリンの名前をファースト・ネームでほぼ受け継いでいくのに対して、アイクの父シオフィラスは、自分の父の名前を息子のファースト・ネームには入れていない。六〇歳を過ぎてから結婚して息子を持つことになったシオフィラスは、南北戦争後に生まれた我が子が神の生け贄とはならず、南部の奴隷制にまつわるマッキャスリン家の罪を許され、子孫繁栄となることを願って、旧約聖書にちなむイサク、つまりアイザックと命名したのかもしれない。ただしリチャード・ゴドンとノエル・ポークが指摘したように、双子がパーシヴァル・ブラウンリーという奴隷を買ったのが、この兄弟のホモセクシュアルの傾向を暗示しているとすれば、彼らは父である老マッキャスリンが黒人女性奴隷を性的に搾取したのと似た行為を繰り返したことになる。(4) アイクがブラウンリーに関する土地台帳の記録をどこまで意識していたか、明らかではない。しかし土地台帳の記述は、アイクの祖父の行状と、それを批判的に乗り越えようとして必ずしも成功しなかった父たちの姿を暗示している。

アイクの父アンクル・バックは『アブサロム、アブサロム！』で、唐突ながらチャールズ・ボンの葬儀に出席している。『アブサロム、アブサロム！』執筆当時フォークナーは、一九三四年九月から一九三六年一二月にかけて、長編小説『征服されざる人びと』のもとになる短編もいくつか雑誌に発表していた。そこにはアンクル・バックも時折、血気盛んな南部人として登場する。しかし南部奴隷制に批判的なアンクル・バックとアンクル・バディの考えが多少なりと明らかになるのは、『征服されざる人びと』という小説においてである。『アブサロム、アブサロム！』に見られる、「父」の権威や南部社会の人種問題をどのように克服するかというテーマは、『征服されざる人びと』にも伏流として流れ、一九四二年の『行け、モーセ』で再び顕著になる。『行け、モーセ』に『アブサロム、アブサロム！』の影がちらつくのは、フォークナーがこの小説最後の章「行け、モーセ」で、ルーカス・ビーチャムの孫に当たる黒人死刑囚サミュエル・ワーシャム・ビーチャム（ブッチ）の名前を最初、ヘンリー・サトペン・コールドフィールドにしていたことからもうかがえる。[5]

この「行け、モーセ」にはさらに、『響きと怒り』のこだまも響く。モリー・ビーチャムは孫の死を嘆き、「ロス・エドモンズが私のベンジャミンをエジプトに売った」と繰り返すが、旧約聖書でエジプトに売られたのはベンジャミン（ベンヤミン）ではなくヨセフである。ベンジャミンというのは、『響きと怒り』でクエンティンの末弟ベンジーが、もとのモーリーから改名されて得た名前でもあり、フォークナーがモリーに「ベンジャミン」と言わせているのも、単なる偶然や誤解とは言い切れない。確かに、創世記のベンヤミンも一時エジプトにとらわれており、『大学でのフォークナー』で作者は、『行け、モーセ』に関して、自分はヨセフとベンヤミンを混同して使ってしまったと述べている（*FU* 18）。だが『響きと怒り』でコンプソン夫人は、息子に最初、自分の兄と同じモーリーという名前をつけていたのに、彼が知的障害だとわかると名前を変えるよう主張した。そして一九四六年の「付録——コンプソン一族」によれば、「ベンジャミン」と新たに名付けたのは、クエンティンとなっている。[6]

創世記でベンヤミンの母ラケルは出産してすぐ死ぬが、その際、産んだ息子を「哀しみの息子」（"Ben-oni"）と命名した。『行け、モーセ』でモリーは死刑になった孫を、元来「哀しみの息子」という意味であったベンジャミンに託して嘆く。それに対してコンプソン夫人が息子ベンジーをめぐって繰り返す愁訴は、自己憐憫に満ちている。『響きと怒り』で、自殺するつもりのクエンティンは「お母さん、と言うことさえできれば」（*SF* 95）とつぶやく。ベンジーを疎んじるばかりでなく、未婚で妊娠した娘キャディを体裁のために銀行家と結婚させるコンプソン夫人の冷たさに、クエンティンは傷ついている。自殺決行の日、彼は時間によって殺されてしまうイエス・キリストに共感しており、自らをキリストと重ねているふしがある。『行け、モーセ』最終部で、やくざ稼業に身を投じたブッチの死を嘆くモリーは、クエンティンが母に見いだせなかったピエタ像の聖母マリアなのかもしれない。

2．2　アイザック・マッキャスリンとロス・エドモンズ

キャロリン・ポーターは、家族についてのフォークナーの関心が初期の『響きと怒り』や『死の床に横たわりて』にみられる母の喪失というテーマから、『八月の光』を経て特に『アブサロム、アブサロム！』で明らかなように、父との葛藤に変化したと述べている（Porter 120）。それは基本的に正しいが、老マッキャスリンに代表される父権制が大きな影を落とす『行け、モーセ』でも、母喪失のモチーフは細かく繰り返される。老マッキャスリンの妻、すなわち双子兄弟の母は、名前さえ言及されない。アイクの母ソフォンシバは、彼がデルタの狩りに参加を許された一〇歳の年には亡くなっている。また「昔あった話」で彼の親族キャスが語るところに従えば、彼女はそもそもあまり尊敬できるタイプではない。ロス・エドモンズの母も産褥の床で死亡している。

実際のところ、母喪失の痛みは『行け、モーセ』では、アイクよりもロス・エドモンズのほうが痛切に実感している。小説最後に響く黒人女性モリー・ビーチャムの呪詛のような嘆きは、白人の当主ロス・エドモンズへも向かう。ロスにとって、乳母となったモリーは唯一の母と呼べる存在だった。しかしモリーの孫、非行少年ブッチを故郷から追放し、彼がシカゴでより凶悪な犯行に走るきっかけを作ったロス・エドモンズは、モリーの嘆きと糾弾の対象となる。創世記のヨセフは、兄弟たちに裏切られて

エジプトに売られたが、ロス・エドモンズとブッチも、人種は違うが老マッキャスリンから発した同じ血族である。盗みを働く身内を見限ったロスは、マッキャスリン家の黒人の面倒も見る南部伝来の家父長であることをやめようとしている。ロス・エドモンズは黒人の母としてのモリーを失う危険を冒しても、同時代のアメリカ社会で普通の市民となる方を選んだ。しかし彼は「デルタの秋」が示すように、南部社会で混血の愛人と結婚するほどの強さは持たず、孤独の人生を送ることになる。丸谷徳嗣はロスとフォークナーが同世代であることを指摘し、『行け、モーセ』中のこの世代が、社会で共有されるべき普遍的な倫理をもたず偶然性に左右される世代である、という点を強調している（Marutani 60）。本論考では、南北戦争後第二世代の彼らは旧南部のしきたりをどれだけ継承すべきか、何を拒否すべきか、南部社会の未来について暗中模索の状態にある、と考える。

一方アイクは、ロス・エドモンズより一世代以上年長で、南北戦争直後の一八六七年生まれである。彼は南部奴隷制の弊害に敏感で、祖父の血を分けた黒人たちのために、祖父の遺言通り財産を管理して分け与えた。しかし彼には南部荘園の息子にありがちな黒人乳母への依存が見られない。ロスは母が彼の誕生後すぐに亡くなったので、乳母としてのモリーに頼らざるを得なかった。アイザックは父が早くに亡くなり、母も彼が一〇歳になったときには他界するが、彼が生まれたときは、トミーズ・タールと結婚したテニーが乳母だった（*GDM* 288）。しかし黒人乳母としてのテニーの記述はほとんどなく、アイクが彼女を乳母として慕っていた様子は見受けられない。

アイクには黒人乳母の影が見当たらないばかりでなく、同年代の身近な黒人たちとのつながりも薄い。「デルタの秋」でテニーズ・ジムの孫娘に会ったアイクは、「テニーズ・ジム」と繰り返して感情をほとばしらせている。しかしアイクより三歳くらい年上のテニーズ・ジムについてアイクが覚えているのは、デルタの狩りでジムが白人狩人たちの使い走りをしている姿だけである。ロス・エドモンズが同じ年頃のヘンリー・ビーチャムとの間に経験したような親密さや、ヘンリーを裏切った苦い思い出はアイクにはない。実際、彼は同じ祖父の血を分けた黒人たちに対して、財産管理者としては立派に振る舞うものの、それ以上のつながりは持たない。テニーの娘で、牧師と称する男と結婚してアーカンソーへ行ったフォンシバに対して、アイクははるばる出かけていって彼女の相続分の財産を渡し、信託手続きをとる配慮を見せる。しかしフォンシバはわざわざ訪ねてきたアイクと再会して懐かしがる様子もない。それは彼女にとってアイクが、黒人の財産管理だけを引き受けた白人のマッキャスリンに過ぎなかったからだろう。

アイクは、成人して自分の遺産を請求に来たルーカス・ビーチャムに、テニーズ・ジムであれルーカスであれ、「私のところに来さえすればよかったのだ」（*GDM* 105）と述べている。それはイエス・キリストが、すべて重荷を背負うものは私のところに来なさい、と言ったのに似ている（マタイ伝一一章二八節）。職業として大工を選んだアイクは、キリストのような救い主になりたかったのかもしれない。しかし彼は、彼の相続放棄によって農園を継いだマッキャスリン・エドモンズやその息子ザック、さらに孫のロス・エドモンズが頭を悩ませた黒人小作人との面倒な関係を免れており、生身の黒人たちをよく理解しているとはいいがたい。

こうしてアイクは、身近な黒人との交流も少なく、黒人乳母の存在も感じさせない。また、両親の結婚に関する滑稽で殺伐としたエピソードを聞かされたためか、母ソフォンシバへの愛情もあまり見せない。アイクが母について唯一鮮やかに覚えているのは、彼女の兄ヒューバートが愛人とした黒人料理女に自分のドレスをとられて逃げられ、逆上している姿である。アイクはこのとき、黒人女性も彼の母と同様、白人男性の妻としての立場を掠めとれるかもしれない、ということを一抹の不安とともに学習する。

アイクもロスも、そしてクエンティン・コンプソンも実母の愛情が薄いなかで育ったが、ロスとクエンティンには、理想とする強い父親像も存在しない。ロスは「火と暖炉」で父ザックが、ルーカス・ビーチャムから白人の当主らしく扱われないことに当惑している。彼は、二人の間に黒人女性をめぐるトラブルがあった、と推測するほかないが、それはロスにとって、南部父権制社会での父の権威を低下させるものだったろう。またクエンティンは、父が娘キャディの処女喪失にシニカルな反応しかしないことにショックを受けている。ロスは、一九一〇年、ハーヴァード大の学生だったときに自殺したクエンティンより一〇歳近く若いはずだが、厳格な掟を代表する父がいない二人は、南北戦争後の南部社会で生きるための確固たる指針を失っている。

一方、南北戦争直後に生まれたアイクには孤児としての要素が強いが、母への思慕よりも、制度としての父親が彼に大きな影響を与えている。成人の暁には祖父の土地相続や母方の伯父による銀製のカップ贈呈が約束されていて、彼は男系の相続を重く受け止めている。しかしアイクには父に関する直接の思い出はなく、小説冒頭の両親の結婚にまつわる滑稽な話を克服する必要に迫られていた。その点では、アイクの方がロスやクエンティンより代理父を必死に求めていたといえ、そのような彼の求めにかなうのが、大森林の人として神聖化されたサムだった。奴隷制社会と祖父の罪業の結果を引き受けなければならないアイクは、南部奴隷制父権社会を否定するが、それに代わる新しい社会像は見いだせない。彼は未来へ向かってあるべき道を探すのではなく、過去の原始の世界に救済を求めていく。

　アイク・マッキャスリンは、土地相続を拒否し、狩人としてのモラルを持って清貧の生活を送ることでマッキャスリン家の責任を果たしたつもりだった。しかし「デルタの秋」でアイクは、最も近い親族ロスが祖父同様、人種混淆の近親相姦を犯したことを知り、さらにロスが愛人への手切れ金でその問題を解決することに荷担してしまう。それは、マッキャスリン家の黒人たちに残された財産を老マッキャスリンの遺言通りに管理したアイクにとって、適切な役割だったのかもしれない。ロスを真剣にいさめることもせずその意向に従うアイクには、家父長としての責任感はない。ロスの愛人は、男物の帽子とレインコートを着てデルタの森にあるアイクのテントに現れる。アイクの伯父ヒューバートの愛人だった黒人料理女は、アイクの母のドレスを自分のものにした。しかし彼女は荘園主の妻をまねた単なる愛人で、追い払われれば逃げなければならない。一方、二十世紀も半世紀近くたった時点で、ロスの混血の愛人は男か女かも定かでない格好でアイクの聖域に侵入してくる。彼女は引き下がりはするが、性差も人種の差も超える混血女性の強さは増しており、アイクを的確に非難する力を持っている。

　テニーズ・ジムの孫娘と判明したこの女性に対し、アイクは男子の赤ん坊をマッキャスリン家の一員と認めるわずかな印として、コンプソン将軍からもらった角笛を贈る。角笛はデルタの森での幸福な狩りを象徴する。デルタでの狩猟は、大森林は人種や階級の違いがあまり問題にならないユートピアだ、という幻想を育んだ。しかしアイクは長い人生の果て、縮小したデルタの森で、一族の問題が少しも解決していないことを知る。彼はロスの愛人に、北部に帰って同じ黒人と結婚せよ、と言い放ち、自分の誠実さのせめてもの証として、男の赤ん坊のために角笛を差し出す。彼はここでも男系の相続、贈与、継承にとらわれているが、そこで祖父の負の遺産やヒューバート伯父の借用書とは異なる有意の贈与を行ったとはいえない。ただ、もう実際に使用されることはないであろう角笛の贈り物は、自分はどこかで責任の果たし方をまちがっていたかもしれない、というアイク自身の痛恨の認識、悲嘆の表明ともなる。

2. 3 クエンティンからアイク、そしてロスへ

『これら十三篇』中の「正義」で、クエンティン少年は祖父のコンプソン将軍を一家の権威者として認識しているが、この短編でコンプソン将軍は、サム・ファーザーズを奴隷として買った男の息子であり、奴隷制を当然視して育ってきた人である。[7] クエンティンはコンプソン将軍から、サムと何を話していたのかと聞かれても「何でもありません」(CS 360) としか答えない。よくわからないながらも、奴隷として売られたサムの話をすることは何か不都合がある、と彼は感じたのだ。またサムから聞いた、黒人奴隷女性をめぐる男達の露骨な争いは、クエンティンにセクシュアリティについての漠然とした不安を覚えさせる。少年が不吉な色合いを帯びた黄昏のなか、祖父と共に帰途につく最後は、将来彼が人種混淆問題と直面し、南部父権制社会の負の側面を見なければならないことを暗示する。事実クエンティン・コンプソンは『アブサロム、アブサロム!』で、ハーヴァード大学の寮で冬の夜、シュリーヴとともに、いわばサトペンの亡霊と対峙した。『行け、モーセ』のアイク・マッキャスリンも、クエンティン・コンプソンとほとんど年齢の変わらぬ頃、マッキャスリン農園の売店で秋の夜、キャス・エドモン

ズと長々と議論し、祖父の罪や南部奴隷制を糾弾する。

しかしアイクは、積極的に祖父の罪をあがなうことはできなかった。彼は自らの理想を大森林神話に求め、サム・ファーザーズを父と仰ぐ。サム・ファーザーズは、「正義」では特に狩りの名手ではなく、様々な道具を器用に造る大工である。また、酋長の血をひく息子でもない。しかし、『行け、モーセ』中の「昔の人たち」のもととなった同名の短編では、主人公はクエンティンを彷彿とさせる名無しの少年で、サムが厳粛な狩りの指導者を務めている。フォークナーはその短編を一九三九年、『サタデイ・イヴニング・ポスト』を始め多くの雑誌に送って拒否されたが、一九四〇年九月、ようやく『ハーパーズ』誌に掲載された（*US* 691）。すなわちクエンティンに応対するサムの人物像は、一九三一年『これら十三篇』に掲載された「正義」の、混血でしたたかな老人から、一九三〇年代終盤には森の聖人へと変化していく。

アイク・マッキャスリンは二〇歳にもならない一八八〇年代はじめにすでに大熊の死と大森林の縮小を目撃したが、作者フォークナーは一九三〇年代から四〇年代にかけて、「デルタの秋」の老人アイクと同様、狩猟に出かけたデルタの衰退を痛切に感じたはずである。そこで作者自身が、サム・ファーザーズを滅び行く太古のアメリカ大陸神話の人として永遠化しようと望んでも無理はない。ネイティヴ・アメリカンのアメリカは、南部父権制社会に対して無垢の理想郷にも見える。「正義」で一二歳のクエンティンが感じ取ったグロテスクな現実を、フォークナーは『行け、モーセ』で悲劇的な神話に仕立て、アイク少年をサムの忠実な弟子として、大森林とネイティヴ・アメリカンの鎮魂の儀式に立ち会わせる。さらにアイクは土地相続を拒否して南部父権制社会を拒み、サムを引き継ぐ森の司祭となることで女性のセクシュアリティからも逃れて、クエンティン・コンプソンのような最後を迎えることは回避できた。しかしアイクが南北戦争後の南部社会に正面から向き合わなかった結果は、「デルタの秋」で、自身に跳ね返る。

「デルタの秋」はヒトラーが世界の脅威となった一九四〇年頃の話である。フォークナーは一九四〇年一一月の狩りに参加した後、すぐこの短編を書いた（ただし混血女性と別れる男の名前は最初ロス・エドモンズではなく、ドン・ボイドだった［*US* 695］）。『行け、モーセ』に組み入れられた「デルタの秋」で長老アイクは、女子供を守る勇敢な男は牝鹿や子鹿を保護する狩人と同じで、この国はヒトラーなどに負けない、と無邪気に口にする（*GDM* 323）。しかしこの時点でロスの混血の愛人のことも知らないアイクは、南部奴隷制の弊害もヒトラーのアーリア族崇拝の狂気も直視しているとはいえない。

さらに彼は、愛し合う男女は、二人が結婚するしないにかかわらず、神なのだ、という（*GDM* 332）。それは愛人に手切れ金を渡そうとしているロスにとって、皮肉にしか聞こえないだろう。「火と暖炉」で語り手は若きアイクとその妻について、お互い相手が決して変わり得ないと理解しつつ、そのありのままの姿を神のように受け入れることが一度はできた、と語った（*GDM* 104）。若いとき、アイクを誘惑して土地相続を受け入れさせようとした彼の妻は、彼の意志よりも自らの物欲を優先した。しかし二人の愛を担保に、セクシュアルな身体で夫を魅惑することができると単純に考えていた妻は、その時の恐怖に近いアイクの反応に深く傷つきもしたであろう。この誘惑の場面は、全知の語り手が客観的に描写しているように見えるが、妻の攻撃的な仕草にはアイクの嫌悪感が反映されている。二人はその後、お互いの理解を深め合う努力をしなかったが、彼の妻は、アイクがずっと住み続けられる家を遺言で残している。そしてアイクは、語り手によれば、死に際の妻を安心させるためにそれを受け入れた。この話は妻と彼のそれぞれの優しさを示している。しかし「デルタの秋」で男女の愛を手放しで礼賛するアイクが、テクストに名前も記されない自分の妻の孤独を理解していたとは思われない。ロスの愛人から、年老いて愛を忘れたか、と非難されても仕方ない。

アイクと共に狩りに参加したロス・エドモンズは、混血の愛人との間に子をなしながら彼らを拒絶するが、彼は少なくとも自分が卑怯者だということは自覚している。男女間の愛についても旧奴隷制の弊害についても、ロスは失敗や逡巡を繰り返すが、隠遁的生活に満足するアイク・マッキャスリンよりは現実社会の矛盾に直面している。のちに死刑となるブッチ・ビーチャムの処遇をめぐって、ロスは黒人の面倒も見る南部社会の家父長として行動することを拒否して、モリーから非難される。しかし混血の愛人については、彼は南部の男として金で解決した。もちろん北部の男でも混血の愛人に対して同じことをする可能性は高い。ロスはその自分の経験からも、ヒトラーに対して、南部人もしくはアメリカ人すべてが正義の味方として立ち向かえるかどうか怪しい、と感じている（*GDM* 322-23）。

アイクはロスの愛人に、黒人と結婚せよと言い放つ。彼の考えでは、黒人と白人の結婚がアメリカで可能になるのは、一〇〇〇年か二〇〇〇年後である（*GDM* 344）。そのようなアイクにヒトラーを批判する資格はない。「デルタの秋」でフォークナーは、南部人、さらにアメリカ人が第二次世界大戦に参加するにあたり、ナチスの純血主義に対してアメリカ合衆国の人種間の現状についても顧みるべき点があることを暗に指摘している。

3. 人種と階級

3. 1 「スノープス的」なるものの系譜

二十世紀南部社会、さらにはアメリカ社会をどう生きるかについて、ロス・エドモンズは親族であるアイクに代理父としての指導を仰ぐことができなかった。ロスと年齢が近い『響きと怒り』のコンプソン家の兄弟たちも、生き方について父の指導を当てにできないのは同じだった。しかし長男クエンティンが自殺して早々と戦線離脱したのに比べ、次男ジェイソン・コンプソンは、落ちぶれた旧家の人間としてはたくましい。(ちなみにジェイソンは一八九三年生まれと推定され、一八九八年生まれらしいロス・エドモンズにかなり近い。)『響きと怒り』でジェイソンはベンジーに去勢手術を受けさせ、さらに「付録――コンプソン一族」では、ベンジーを施設に送っている。「私のベンジャミン」を「エジプトに売った」(*GDM* 362) というモリー・ビーチャムの悲痛な叫び、ロス・エドモンズを告発する叫びには、ベンジーの母コンプソン夫人ではなく、ベンジーに愛情を注いだ黒人使用人ディルシーがジェイソンに向かって吐露したかったはずの嘆きもこだまする。

「付録」は『行け、モーセ』出版より四年後のマルカム・カウリー編『ポータブル・フォークナー』(1946) に提出された小品である。コンプソン家の末裔として使用人の黒人たちと相対してきたジェイソンは、ここで古ぼけたコンプソン屋敷を売り払い、ロス・エドモンズよりはうまく彼らを厄介払いする。「付録」の語り手によれば、彼はその後スノープス一族にも屈することなく、農民相手のよろずやをやっている。ジェイソン・コンプソンはフレム・スノープスほどの才覚はないが、旧家の名誉にこだわらずに生き延びる。伝統よりも損得に敏感で利己的、すなわちスノープス的になることは、南北戦争後、旧家の末裔が生き残る一つの道だった。

『行け、モーセ』でデルタの大森林が縮小していくのは、一八八五年頃にド・スペイン少佐が保有する土地を材木会社に大部分、売ってしまったのがきっかけである。およそその頃に生まれたであろうフレム・スノープスは貧しい境遇から身を起こし、小説『村』ではフレンチマンズ・ベンドからジェファソンの町に進出する。このフレム・スノープスとアイザック・マッキャスリンは直接の関係は何もないし、『行け、モーセ』にスノープス的な貧乏白人《プア・ホワイト》の動向は表立ってはみられない。ただし、大熊の最後を見届けに来る近隣の貧しい男たちのなかには、大熊ビッグ・ベンに自分たちの貴重な家畜を襲われた直接の被害者もいる。狩猟の世界では貧乏白人《プア・ホワイト》は部外者で、大熊の死の儀式を執り行う資格を持つのは、産業社会の経済機構から外れ、自らも滅び行く運命にある先住民族の血をひく者たちである。貧乏白人《プア・ホワイト》は、狩りの主催者である南部社会上流階級のド・スペイン少佐の好意で、その場を目撃することを許されたに過ぎない。しかし大森林の神話終結とともに、その名も無い寡黙な見物人たちにもチャンスが開かれる時代が来る。

『行け、モーセ』冒頭は、年老いたアイザック・マッキャスリンが、地元の約半数の人びとと親戚関係にはあれど誰の父親となることもなかった、という語り手の宣言で始まる。(8) 年齢は別として、その状況は奇妙にも、スノープス一族の長であるフレム・スノープスの立場と似ている。なぜフォークナーは、南部旧家の財産相続を拒否した清貧の人アイザックにフレム・スノープスの影を重ねたのか。確かにアイザックの相続拒否については旧家の跡取りとしての責任問題も浮上し、町の人びとが彼の決断を不審がるのももっともである。しかしアイクの贖罪意識に対する人びとの無理解は、南北戦争後の南部社会が経済問題に注力して、奴隷制の問題に真剣に向き合おうとはしなかったことを示す。さらにアイクの相続放棄も、マッキャスリン一族に連なる黒人たちの社会的地位向上に寄与するわけではない。本書二章の最後で述べたように、アイザック・マッキャスリンは『村』のアイザック・スノープスと同じファースト・ネームを持つ。白人のマッキャスリン一族と新南部社会に台頭した貧乏白人《プア・ホワイト》のスノープス一族は、共にイサクという息子はいても、いずれも神から祝福を受ける資格はないのかもしれない。

『村』に登場するスノープス一族の中には、I・O・スノープスという名前の男もいる。この男はすでに初期小説の『土にまみれた旗』にも登場しているが、このふざけた名前は、『行け、モーセ』のアイザックの母方の伯父、ヒューバートが書いた大量の "I. O. U." という借用書も思い起こさせる。ヒューバートは金貨の入った銀のカップを、アイザック成人の時に渡す贈り物として準備していたが、その中身を持ち出しては借用書を代わりに入れていた。金貨が借用書に化ける、というのは、経済が物々交換や現金取引の時代から小切手や手形、ひいてはクレジット・カードでの取引に変化していく時代をパロディで示したような話である。ヒューバート自身は金儲けや投資で成功する才覚はないが、借用書の山をアイクに残した伯父は、スノープス繁栄の時代を暗示するのかもしれない。

『行け、モーセ』冒頭の「昔あった話」では、結婚や奴隷売買がポーカーゲームで決まる。重大な人間関係も金銭取引に換算する残酷さは、旧南部と新南部経済の密かな共通性を示している。また「火と暖炉」でのルーカス・ビーチャムと金属探知機セールスマンのやりとりはとぼけているが、ルーカスの金貨探しはまかり間違えば、『村』でフレム・スノープスにだまされて埋蔵金貨を探し続けるヘンリー・アームスティッドの悲劇になる可能性があった。ルーカスは妻モリーの捨て身の行動で金貨探求をすっぱりあきらめることができた。しかし白人当主のロス・エドモンズはそれに対して、金属探知機をモリーに隠れてまた使ってもよい、などと無責任に言っている。スノープシズムは、必ずしも新南部の貧乏白人《プア・ホワイト》だけが生み出したものではない。

3．2　スノープス主義と黒人

金貨探しをあきらめたルーカスは、モリーにキャンディを買って渡す。それはリチャード・モアランドが指摘するように、小説『村』での斑馬競売時、フレム・スノープスがヘンリー・アームスティッドの妻にキャンディをやる場面を思い起こさせる。モアランドは、一家の破滅を目前にした女性にキャンディを贈るフレムの行為に対し、『行け、モーセ』のルーカスが贈るキャンディは、フレムの行為のアイロニーとして有効だと考える。絶対的優位に立っているフレムの侮辱的な贈り物と違い、ルーカスが自分の過ちを認めてモリーの許しを請う行為としての贈り物は、「真に象徴的な贈与」(Moreland 168)、つまり両者同等の立場で贈り物を授受することで同意が成立する社会的交換となる。

モアランドはまた、ロスが乳母であったモリーを訪問するときに毎回持参するキャンディにもふれ、彼の贈り物の懐柔的な性格を指摘する。ロス・エドモンズは「デルタの秋」では、愛人への手切れ金を親族アイク・マッキャスリンを通して渡した。そして依頼を受けた老人アイクはロスを強くいさめることもなく、言われるままに狩猟キャンプで彼女に金を渡す。アイクは大森林を神聖視しているが、男女の問題は金で解決するしかないこともある、と考えているようだ。彼が祖父の遺言通り、マッキャスリンの血を引く黒人たちに遺産を渡すのに熱心なのも、金銭による罪の清算をある程度認めているからだろう。

確かに、ルーカス・ビーチャムには金銭欲があり、スノープス的な才能もある。彼は金を貯めるのがうまく、自分の密造酒造りを守るために娘婿を陥れようともする。ただ彼の行動は、うまく立ち回ったつもりで反対にだまされるという、南部ヒューモアのパターンにはめられている。唯一そのような約束事の定型を破るのは、黒人であるゆえの苦境、すなわちモリーをめぐるルーカスとザック・エドモンズの生死をかけた戦いである。「火と暖炉」は、南北戦争後、経済的には貧乏白人《プア・ホワイト》とあまり変らない黒人たちの奮闘を、スノープス主義のパロディとして提示する。しかし南部奴隷制度の影響が続く中で彼らが自分の尊厳を守ろうとすると、その喜劇は常に悲劇に転じかねない。『行け、モーセ』で黒人たちは、南北戦争後も人種差別が変わらぬなか、スノープス的生き方を試みつつ、その限界を一番感じる立場にいる。

ルーカスには、貧富の差と人としての尊厳はそれぞれ別のこと、という認識があり、金銭欲を最終的に自分で抑制することができた。一方、小説最後の短編「行け、モーセ」に登場するルーカスの孫サミュエル・ワーシャム・ビーチャム（ブッチ）になると、「あまりに手っ取り早く金持ちになること」(*GDM* 352) が生業で、シカゴでは名前も変えている。自分が死刑になった後、故郷へ帰れるかどうかは彼の知ったことではない。若い黒人ブッチの自暴自棄的な死は、この小説のもう一人の黒人青年ライダーの死を思い起こさせる。

ライダーが主人公となる『行け、モーセ』中の三番目の短編「黒衣の道化師」は、小説の他の部分との直接関係は薄い。しかしルーカス・ビーチャム夫妻の暖炉を理想としていたライダーにとって、愛する妻の死という不条理は、経済的に安定した生活と結びついていた人間の尊厳への期待を一挙に破壊してしまう。白人の小市民的な生活に幸福を見いだすのは幻想でしかない、と気づいたとき、ライダーは白人が牛耳る不正な社会に自滅的に刃向かっていく。ライダーの憤怒は、金銭しか頼るものがなかったブッチのシニカルな絶望と通底している。蓄財は――正当なものであれ犯罪的なものであれ――人間の尊厳や幸福を保証するものとはならない。人の倫理より金銭価値を人生の基準とするスノープス的な欲望は、人種、階級に関わりなく、白人荘園階級にも貧乏白人《プア・ホワイト》にも、黒人たちにも認められる。しかし金銭より大事な人間の尊厳があることを思い知るのは、虐げられる黒人たちであることが多い。彼らが到達する絶望的な覚醒を最終的に受け止めるのは、小説最後の「行け、モーセ」でのモリー・ビーチャムの役目となる。

3．3 ロス・エドモンズからギャヴィン・スティーヴンズへ

モリーは、ブッチの遺体を引き取って弔い、まともな葬式を出すことを主張する。ブッチの故郷である南部共同体社会は、資本主義社会であるファラオの「エジプト」(*GDM* 362)、つまりシカゴよりは、死者のアイデンティティを回復させ、尊厳を取り戻させることが可能だ、とモリーは思ったのかもしれない。しかし、南部に残って品行方正で豊かな暮らしを夢見たライダーも非業の最期を遂げたことを考えれば、モリーの願いが実現する可能性は低い。葬儀には彼女の夫ルーカスの姿はなく、ブッチの追放を決めたロス・エドモンズも関わろうとしない。よってモリーを手助けするのは弁護士ギャヴィン・ス

ティーヴンズの役目となる。小説の最後でアイク・マッキャスリンもロス・エドモンズもルーカス・ビーチャムも不在の中、なぜ一族と関わりのないギャヴィン・スティーヴンズが突如登場するのか。ギャヴィンは黒人の立場に一応の理解を示すリベラルな知性派であるが、南部パターナリズムの域は出ない。確かに彼は南部白人紳士として、旧家出身の貧しい白人女性の願いを聞き入れ、年老いた黒人女性の希望を実現しようと奔走する。白人社会の寄付を募り、自ら費用を負担する鷹揚さもある。自分の黒人理解が浅薄だと認識する感受性も備えている。しかし最終的に彼は居心地がよい自分の世界へ逃避する。それに対してモリー・ビーチャムは、ブッチの死の顚末をすべて新聞に載せることを要求し、彼の生きた証をこの町の人々に知らしめようとする。白人の慣習的な施しや善意だけに頼っていては黒人の尊厳は守れない。モリーは親族として喪の儀式を執り行うばかりでなく、ブッチが死んだ事実とその理由を南部社会に公表することも、彼の尊厳を回復するのに重要だと感じている。

大熊ベンの狩りには、町の特権階級と名人狩人、そして先住民のみが直接参加を許された。さらにサム・ファーザーズの埋葬は、先住民の血を引くブーンが執り行い、サムの弟子アイク・マッキャスリンのみが控えることができる秘儀だった。しかしブッチの葬儀では、スティーヴンズの寄付集めや葬儀の車が町中を巡ることにより、町の人々も参加を余儀なくされる。黒人たちの苦境は、身内の者による霊歌や詠嘆ばかりでなく、人々がブッチの葬列に立ち会い、死刑までの顚末が新聞で活字として読まれることで、町の記憶に残されなければならない。資本主義社会の犠牲となった大熊は大森林神話に還っていくことができる。しかしモリーが要求するのは、人種差別と資本主義社会に翻弄された孫の人生と黒人の喪の儀式を、社会全体として記録することである。ジェファソンの法律家ギャヴィン・スティーヴンズはその責任を担わなければならない。

「行け、モーセ」におけるロス・エドモンズの不在、およびギャヴィン・スティーヴンズの唐突な登場は、一つには上に挙げたように、モリー・ビーチャムがブッチの死をジェファソンという南部社会の公的記憶として残すことを要求したためである。だがロスの不在はまた、ロス・エドモンズに対する作者フォークナーの複雑な思いも示すのかもしれない。「行け、モーセ」が何年に起こった話か、作中に明記されてはいないが、話の冒頭でブッチ・ビーチャムが国勢調査に応じているところから推測すれば、一九四〇年の話という可能性が高い。一方、この小説の二番目に位置する「火と暖炉」でルーカスは六七歳（*GDM* 32, 114）、ロスは四三歳（114）と明記され、「熊」第四章で土地台帳に記載されたルーカスの出生年一八七四年から考えると、「火と暖炉」の話は一九四一年となる。（もっとも「デルタの秋」でロスの年齢は四〇歳のように書かれていて［*GDM* 336］、ヒトラーへの言及があるこの話が一九四〇年の出来事とすると、ロスの年齢の整合性がとれない。）『行け、モーセ』の物語の正確な時系列は必ずしも明確ではない。[9]それでも「火と暖炉」が小説最後に置かれた「行け、モーセ」より後に起こった話だとすると、ロスがブッチ・ビーチャムをエジプトへ売った、というモリーの非難にもかかわらず、その後もロス・エドモンズとモリーやルーカスは、古くからの白人農園主と黒人小作人の関係を続けたことになる。

フォークナーは、それまでに書いた短編群を利用して長編『行け、モーセ』をまとめるにあたり、物語の整合性を整えようと努力はした。[10]「火と暖炉」でルーカスの年齢を明記したことが、「熊」第四章の土地台帳のルーカス誕生年記述と連動しているならば、ロス・エドモンズとビーチャム夫婦の関係はあまたの確執があっても続く、と作者は密かに宣言しているのかもしれない。とはいえ、小説の最後に置かれる話、それも小説の題名と同じタイトルを持つ話は、一番読者の印象に残りやすい。そこでアイザック・マッキャスリンやルーカス・ビーチャムがロスとともに不在であることは、読者を戸惑わせる。しかしそれはまた、アイザックやルーカスに比べて副次的に見えたロスの重要性を強調することにもなる。ロスとフォークナーがほぼ同年齢であるとすれば、フォークナーの黒人乳母であったキャロライン・バーへの献辞を冒頭に掲げたこの小説で、作者はアイク・マッキャスリンの課題やルーカス・ビーチャムの気概ばかりでなく、南部社会における南北戦争後の白人第二世代の難しい立場も描く。彼はモリーにロスを糾弾させることでロスを罰しつつ、「火と暖炉」で白人当主とビーチャム夫婦の関係がその後も曲がりなりにも続いていることを示し、葛藤はありながらも共存を図る道を探ろうとしたのだろうか。

一方ギャヴィン・スティーヴンズは、フォークナーがもう少し客観的に語れる人物である。ギャヴィンの年齢はここには書かれていないが、のちの『駒さばき』(1949)や『館』(1959)によれば、彼はクエンティン・コンプソンとほぼ同じ頃の一八八九年、または一八九〇年生まれである。(11)『八月の光』(1932)でも最後に登場して、殺人犯となったクリスマスの遺体輸送の手配をしたギャヴィンが、クエンティンとほぼ同年齢というのは、『行け、モーセ』完成の頃になってフォークナーが思いついたことかもしれない。(12)ギャヴィンもクエンティンと同じくハーヴァード大学で学んでいるが、(13)『八月の光』でクリスマスの矛盾した行動を白人性、黒人性でまことしやかに説明するギャヴィンは、クエンティンほど繊細ではない。(14)

南部社会についての彼の考え方は、『行け、モーセ』から六年後の小説『墓地への侵入者』（1948）で披露されるが、ギャヴィンの誠実さと、それにもかかわらず根本的なところで人間理解がどこか皮相な欠点は、彼が登場する作品全体に見られる。また弁護士であるギャヴィンはスノープス一族との戦いに注力するが、彼にはロス・エドモンズのようには、黒人との濃厚な関係がない。エリック・J・サンドクィストが指摘するように、ギャヴィン・スティーヴンズの登場は、作者フォークナー自身が容易に解決できない南部の悲劇から逃走した証ともなる（Sundquist 151）。ただギャヴィンには、失敗を重ねつつも生き延びる使命が課せられている。彼はフォークナー作品において、クエンティン・コンプソンやアイザック・マッキャスリンほどの重要性は持たないが、『行け、モーセ』で南部やアメリカ合衆国の問題を考える役を継承する第一歩を記す。

4. 南部からアメリカ合衆国、そして世界へ

『行け、モーセ』でフォークナーは、アイザック・マッキャスリンを主人公として、一九世紀初めから一九四〇年代に至るまで南部が置かれた状況とその問題点——人種と経済——を、コンプソン家やサトペン家と暗に比較しながら総括した。マッキャスリン家の複雑な系図に倣い、フォークナーのテクストに登場する人物たちの系図を個々の作品を超えて考えてみるならば、クエンティン・コンプソンはほぼ、アイクが新妻とたった一度のセックスをしたときに授からなかった赤ん坊の身代わりといってもよい。クエンティン誕生の年がいつかは、正確にはわからない。しかし一八八九年か一八九〇年説が有力

だとすれば、アイクが結婚したのもこの頃だと推察されている（『フォークナー事典』六六九）。

クエンティンは『アブサロム、アブサロム！』で一九〇九年に、チャールズ・ボンが南北戦争中にジュディスにあてた最後の手紙を読んでいる。チャールズ・ボンとヘンリー、およびジュディス・サトペンの間の近親相姦的な関係は、人種混淆に対する恐れをはらみつつ、父サトペンが代表する南部父権制社会への反抗の姿もとっていた。クエンティンとシュリーヴは彼らとの連帯感を模索しながら、その苦境に迫る。一方『行け、モーセ』でアイク・マッキャスリンは、一八八三年に土地台帳から祖父の近親相姦と黒人奴隷搾取を読み取った結果、祖父伝来の土地相続を拒否する決心へと至る。しかし相続が具体化する以前、大熊ビッグ・ベンとサム・ファーザーズの死を見届けた時点で、アイクはすでに自らを敗者に殉ずる証人とみなしている。彼にとって、相続財産放棄は人種問題に対する免罪符となった。

相続放棄によってアイザックは、アブラハムの息子イサクと同名にもかかわらず、マッキャスリン男子直系の白人子孫を絶やすことになる。アイクはキャロザーズ・マッキャスリン（キャス）・エドモンズに、神はイサクの代わりに生け贄とする山羊を今回は送ってはくれないかもしれない、という（GDM 270-71）。ジョン・T・アーウィンはクエンティン・コンプソンに神の子として受難の道を行くイエス・キリストとの親近性を見たが（Irwin 52-53）、アイザックも、アブラハム一族の繁栄を保証するイサクとはならず、ある意味、キリストと同じく十字架にかかる道をめざした。しかしアイザック・マッキャスリンも、その息子世代にあたるクエンティン・コンプソンも、南部奴隷制、人種差別、そして資本主義社会の問題を解決することはできない。

アイクは、ルーカス・ビーチャムや、その兄で遺産ももらわずにマッキャスリン家を去ったテニーズ・ジム、そしてその孫娘ら、混血の人間が差別構造の社会で生き抜くたくましさを学ぶことができなかった。それは、妹キャディが自ら選択した処女喪失――「黒人女のように」(*SF* 92) 男と野外で寝たこと――を受け入れられないクエンティンにも繋がるかもしれない。また『行け、モーセ』では、アイクがルーカスの妻、モリー・ビーチャムと直接ふれあう場面は皆無である。「行け、モーセ」でブッチは、死刑執行前に刑務所の簡易鋼鉄製ベッドで国勢調査員の質問に答えた。孫のブッチの死を嘆き悲しむモリーにピエタ像の聖母マリアのイメージがあるとすれば、「行け、モーセ」の章の直前、「デルタの秋」でキャンプの簡易鉄製ベッドに横たわるアイクには、そのような嘆きの母は用意されていない。嘆きの聖母の代わりに、ロスの赤ん坊を抱えた混血女性は、雨に濡れてはいるが涙を流すことはなく、愛を忘れた彼を非難する。

一〇歳で母を亡くしたアイクには特に頼れる黒人乳母もいないようだが、それは母の愛を感じることが無かったクエンティンも同じである。黒人使用人ディルシーは、クエンティンの弟ベンジーにとっては母代わりになることもある。しかしクエンティンは、自分が自殺したらディルシーは、ベンジーが愛した土地を売ってまでハーヴァード大学入学費用を作ったのに「何という罰当たりな無駄遣い」(*SF* 90) というだろう、という皮肉な想像しかできない。

一九四六年の「付録――コンプソン一族」の最後でフォークナーは、ディルシーらコンプソン家に仕えた黒人たちについて「彼らは耐え忍んだ」(“AC,” *Novels 1926* 1141) と書いた。一方ここで検討した白人主人公たち――クエンティン・コンプソン、アイザック・マッキャスリン、そしてロス・エドモンズ――は、それぞれ南部社会の弊害にあらがいつつ挫折する。ただフォークナー後期作品で重要人物となるギャヴィン・スティーヴンズには、ほぼ同年齢のクエンティンの代わりに、南部の問題に取り組みつつ（人種差別については、スノープスの問題ほど精力的とはいえないが）、生き残るという使命が課されている。

フォークナーが『行け、モーセ』執筆前にクエンティンやアイクといった登場人物の生まれた年を正確に計算して緻密な関係を設定していたとは思われない。サム・ファーザーズの歳も、「正義」と『行け、モーセ』ではうまく合致しない。一九四五年、マルカム・カウリーからサムの年齢の矛盾を指摘されたフォークナーが、自分は年譜などの正確さを期して創作はしていない、と述べているとおり、彼はそんなことには原則として無頓着だったろう（*FCF* 53）。しかし『アブサロム、アブサロム！』出版時に年表や家系を付録としてつけることを学習した作者は、以前よりは自分の小説世界の系譜に関心を持ったはずである。

「お母さん、と言うことさえできれば」と嘆き、父のシニカルな諦念に失望し、妹との近親相姦を妄想して永遠に時間の外に出ることを願った『響きと怒り』のクエンティン・コンプソンは、『アブサロム、アブサロム！』で南部父権制奴隷社会と向き合った。その対決はクエンティンの自殺で途切れてしまう。しかしスノープス一族の台頭を描く『村』を書き終えたフォークナーは、『行け、モーセ』でクエンティンの父ともいえる年齢であるアイク・マッキャスリンの長い人生で、奴隷制の問題を再検討した。それはナチスの時代、第二次世界大戦を迎えて、人種問題を抱え、かつ大恐慌を経た資本主義社会であるアメリカ合衆国を、南部という鏡を通して見つめることでもあった。南部社会の負の遺産である南部奴隷制と新南部経済の勃興にどのように向きあっていくか、という問題の先にはアメリカ合衆国ばかりでなく、全世界もある。この小説は人種差別と資本主義社会という問題に対して、希望的な解決法を提示できてはいない。その意味では、ヨクナパトーファは混乱の極みにある。しかしフォークナーはその混沌の中に、クエンティン世代の新たな白人主人公としてギャヴィン・スティーヴンズを突如、導入した。『町』(1957)や『館』でそれぞれユーラ・スノープスやその娘リンダに振り回されるギャヴィンは、キリストはおろか、アブラハム一族を繁栄させるイサクにもなりそうにない。しかしアメリカ南部を越えて世界規模で拡大している問題をクエンティン・コンプソン、アイザック・マッキャスリン、ギャヴィン・スティーヴンズへと継承させ、困難な状況を老人や黒人、少年、女性らマイノリティとの連帯で補強して、弱点も多々ある主人公を死なせずに社会に立ち向かわせる今後の方向性も、作者は『行け、モーセ』でおぼろげにみいだしたのかもしれない。

注

(1) 諏訪部がヒューバート・ビーチャムの借用書から指摘するように、アイザック・マッキャスリンの正式名はアイザック・ビーチャム・マッキャスリンだろう。諏訪部「"There Is"」八四。

(2) 大地真介も、フォークナーが『行け、モーセ』でそれまで展開してきた問題を突き詰めた結果、南部社会の矛盾が小説中に混沌という形で表れている、と述べる(八二)。大地は『行け、モーセ』がその頂点であり、その後に書かれた『墓地への侵入者』(1948) は、作者の経済状況、周りの評価がよくなってきた状態で書かれたため、フォークナーの危機意識が緩んでしまった、という (九二)。
(3) 亀井高田考・三上次男・林健太郎・堀米庸三編『世界史年表・地図』八〇。
(4) Godden, chap. 5 ("Reading the Ledgers: Textual Variants and Labor Variables [with Noel Polk]") 参照。
(5) Taylor 223, McHaney, intro. *William Faulkner Manuscripts* 179.
(6) "[Maury], when at last even his mother realized what he was and insisted weeping that his name must be changed, was rechristened Benjamin by his brother Quentin (Benjamin, our lastborn, sold into Egypt.)" ("AC," *Novels 1926* 1139).
(7) 「正義」("A Justice") がいつ書かれたかははっきりしないが、一九三〇年一一月二九日には『サタデイ・イヴニング・ポスト』誌に "Indians Built a Fence" の題名で送られて、拒絶されている (Towner, *Reading* 181)。出版されたのは『これら十三篇』が最初である。
(8) "Isaac McCaslin, 'Uncle Ike', past seventy and nearer eighty than he ever corroborated any more, a widower now and uncle to half a county and father to no one" (*GDM* 3)
(9) Meredith Smith, "A Chronology" 参照。
(10) ロバート・K・ハースへの一九四一年一二月二日の手紙参照 (*SL* 146)。
(11) ブルックスは、クエンティンの生年について一八九〇年説と一八九一年説を挙げ、『アブサロム、アブサロム!』本文に従って一八九〇年説を採っている (*Yokna* 447)。『フォークナー事典』ではクエンティンの生年を一八八九年と推測している (六七四)。ギャヴィンの生年については、ブルックスは『駒さばき』から一八八九年説を紹介しつつ、『町』(1957) と『館』(1959) から推測して一八九〇年説を採っている (*Yokna* 449)。ギャヴィンは『駒さばき』で、一九四一年、「自分はもうすぐ五十歳だ」(*KG* 238-39) と言っているところからすれば、一八九一年生まれ説もあり得るが、『フォークナー事典』もブルックス同様、一八九〇年を採用している (六七二)。
(12)『駒さばき』は一九四九年出版だが、作品のタイトルに使われた中編「駒さばき」の元の原稿は、一九四二年一月、『行け、モーセ』の五月出版前にフォークナーからエージェントのハロルド・オーバーに送られた。しかしどこにも売れなかった（*SL* 148）。

(13) ブルックスは『館』を引き合いに、ギャヴィンは一九〇九年、ハーヴァード大学で学んでいると指摘している（Brooks, *Yokna* 449）。一九〇九年は、『アブサロム、アブサロム!』でクエンティンが、ローザ・コールドフィールドから呼び出しを受けて九月に彼女の家でサトペンの話を聞いた年である。翌年の一月か二月に彼はシュリーヴとともにサトペン物語を語っているので、クエンティンとギャヴィン・スティーヴンズは、一九〇九年秋、同じハーヴァード大学にいた可能性がある。島貫香代子は「ヴァビーナの香り」のベイヤード・サートリスとの関連で、クエンティンが法学部専攻だったかもしれない可能性に言及している（島貫、「「ヴァビーナ」」一〇六）。

(14) ノエル・ポークは『行け、モーセ』のギャヴィンの黒人理解が極めて皮相であることを、「黒衣の道化師」でライダーについて語る白人保安官補と比較して論じている（Polk, *Children* 240-01）。

第四章

記憶の形と継承
――『尼僧への鎮魂歌』

1．はじめに

フォークナーの小説『尼僧への鎮魂歌』は一九五一年九月に出版された。彼は一九三三年一二月、同じ題名をもつ原稿を断片的に書き始めていたが、それを放棄して『アブサロム、アブサロム!』(1936)執筆に転じた。それから約一七年後、フォークナーはナンシー・マニゴーによる乳児殺害を発端とする、『サンクチュアリ』(1931)後日談ともいうべき『尼僧への鎮魂歌』を書いた。一九三三年の断片原稿にある牢屋の描写は『サンクチュアリ』の牢屋も彷彿とさせるが(Polk, *Faulkner's* 240-01)、この断片原稿と『尼僧への鎮魂歌』の直接的つながりはない。なぜフォークナーは長年ののちに、『サンクチュアリ』に登場したテンプル・ドレイク(・スティーヴンズ)や「あの夕陽」のナンシー・マニゴーへ戻っていったのだろうか。

また『尼僧への鎮魂歌』は戯曲と散文を組み合わせた独特の形式をとっている。一九五〇年当時、フォークナーは若い女性ジョーン・ウィリアムズに恋していて、『尼僧への鎮魂歌』の戯曲形式の部分は、ジョーンに作家修業をさせる、という口実にも使われた(Williamson 279)。戯曲を書くことは、当時親交があったミシシッピ出身の女優ルース・フォードから頼まれていたことでもあり(*FB* 1312)、フォークナーがもっぱら創造の霊感に触発されてこの特異な形式を採用したわけではないだろう。しかしフォークナーは結局一人で小説を完成させ、戯曲形式をとる各幕の序章という形で、散文を導入したことに満足していた。この戯曲と散文の混合形式がどういう意味を持つのか、「対位法的な」(*FU* 122)効果という以外、フォークナーは具体的に説明していない。だが戯曲形式や『尼僧への鎮魂歌』の叙事詩的な散文は共に、個々の読者ばかりでなく集団的観客をも想定する。この小説は全体として、個人のモラルと法制度、さらに個人の生と公的建造物や歴史を対比しており、作家はここで、以前に書いたヒロインの人生を新たに社会との関係で見直そうとする。『尼僧への鎮魂歌』執筆中にはフォークナーのノーベル賞受賞が決まったが、第二次世界大戦後、彼の文学的評価は次第に高まってきており、受賞の噂もすでに三年ほど続いていた(*FB* 1313)。それは読者や社会と自分がどのような距離をとるのか、作家が公的に認められるというのはどういうことなのか、フォークナー自身が戸惑う状況でもあった。個人と国家の関係について、さらに作家と社会の関係について、彼は『尼僧への鎮魂歌』で改めて問い直す。

戦後のフォークナー評価の発端となった、マルカム・カウリー編『ポータブル・フォークナー』出版(1946)については、フォークナー自身も協力している。既出作品からの抜粋にせよ、そのような本が作品紹介として有効だとは、彼もわかっていた。しかし『ポータブル・フォークナー』に「付録――コンプソン一族」を提供したフォークナーは、カウリーを介して世間に披露されるヨクナパトーファの見本とは別に、「私独自の世界」(*FU* 255) を常に継承発展させるインターテクスチュアルな創作方法を再認識したのではないか。ジーン・スタインとのインタビューでフォークナーは、「付録」を『響きと怒り』を補完するものと捉えているが (*LG* 245)、「付録」執筆によるコンプソン家再訪は、いわゆる「堕落した」女たち、すなわちキャディ・コンプソンからテンプル・ドレイク、ナンシー・マニゴー再考への道を開く。

また『尼僧への鎮魂歌』には、テンプルやナンシーとは別に、すでに『征服されざる人びと』(1938) でシーリア・クック、『墓地への侵入者』(1948) では無名で登場し、『尼僧への鎮魂歌』ではセシリア・ファーマーとして自分の名前をガラス窓に刻む娘がいる。セシリアは、自分のことを語る機会が少ないキャディ・コンプソンよりさらに寡黙で、彼女は声を与えられていない女たちの象徴的存在となる。そして彼女を通じて作者は、個人の生と記憶、さらに出来事を公的に記録保存することについて考える。それは、ノーベル賞という脚光を浴びて公人となる可能性に直面したフォークナーの戸惑いとも関わる。世間のまなざしに閉じ込められ、イメージを固定化されることにあらがうのはヒロインたちだけではない。

フォークナーは、作家として出発した初期から、社会での作家の立場については思い巡らせてきた。しかし若くて貧しかった作家は当時、国家や公の場における芸術家の立場よりも、芸術家と市場の関係により関心があった。二番目の小説『蚊』(1927) で、ナウシカ号に乗船している芸術家たちは市場との関係を議論する。その中で作家フェアチャイルドは、作家は結局、ある女の気を引こうとして書くのだという（*MOS* 250）。フェアチャイルドはそれ以上説明していないが、その女性とは、芸術家を鼓舞するミューズかもしれず、もしくは単なる娯楽を求める一般大衆かもしれない。

フォークナーの作品中、『響きと怒り』（1929）と『サンクチュアリ』は、それぞれ芸術のミューズと一般読者を意識した対照的な位置にある。フォークナーによれば、『響きと怒り』は一般読者を一切考えない芸術的探究の中で書かれたものであり、[1] 一方『サンクチュアリ』は金のために書かれたものである。[2] ブロットナーは『尼僧への鎮魂歌』執筆当時のフォークナーの財政状況が芳しくなかったことに触れて、『サンクチュアリ』と同じくこの小説にも、とりあえず金目当てという動機はあっただろうと指摘している（*FB* 1312）。それはテンプル再考の一つのきっかけになったかもしれない。しかし本稿では、『尼僧への鎮魂歌』の閉鎖空間で苦闘する女性たちは、「付録——コンプソン一族」で高級雑誌の写真の中に閉じ込められたキャディに到達するために、フォークナーがたどった回り道だと考える。

『響きと怒り』で汚れたズロースのまま一人梨の木に登って、窓越しに祖母の死を確認する少女と、「付録」でナチス将校と共にリゾート地の写真に収まっている中年女性、という対照的なイメージを持つキャディが語らないなか、作家はキャディに代えてテンプル・ドレイク・スティーヴンズに注目し、彼女を父権制度の権威と対峙させる。テンプルに昔よりももっと声を与えて語らせ、死刑となるナンシーを挟んで対極にセシリアの署名を配することで、『尼僧への鎮魂歌』は私的記憶と公的記録、並びに個人、特に女性と父権制社会の法制度の関係を考える。さらにフォークナーはこの小説で、連邦政府が一九三〇年代後半に推進した郵便局壁画運動も密かにパロディ化して、公的権力と芸術の結びつきを批判しているのではないか。それは次第に世間や政府の関心を集め始めた作家が、自らが公的存在となりゆくなかで、公的権威とは一線を画す、という意志の表明となっている。

2. 手紙と署名

2. 1 テンプルとキャディ

『サンクチュアリ』のテンプル・ドレイクは小説の最後、リュクサンブール公園で自分の顔をコンパクトでのぞき込んでいる。彼女は自分が他者にどのように見えるかに関心がある。一方、『響きと怒り』のキャディ・コンプソンはしばしば鏡の中から逃走する。兄クエンティンや弟ベンジーが求める理想のキャディ像を逃れ、ジェイソンが押しつける「ふしだら女」のレッテルも拒否する。しかし「付録」のキャディは、イメージとしてのみ捉えられる。映画会社の権力者の妻、さらには高級雑誌に載った写真でナチス将校の傍らにいる彼女は、富や名声、権力の象徴といった、大衆の欲望の対象として、閉じ込められた空間の中にいる。雑誌の写真は、ジェファソンの図書館司書メリッサ・ミークにとっては恐怖と羨望の的であり、写真の女は若すぎる（"AC," *Novels 1926* 1135）というキャディの弟ジェイソンにとっては、憎悪と嫉妬の対象であろう。一九五七年、ヴァージニア大学で「付録」のキャディの運命について尋ねられたフォークナーは、彼女のことはそのままにしておくのが良い、「もう一度はじめからやり直して本を書けば別ですが、それはありえませんからね」（*FU* 2）と答えている。彼はキャディについて新たな本は書かなかった。しかしそのかわりに、自らの作家人生初期に芸術の女神《ミューズ》としてのキャディと対照的な位置にあった取り替え子《チェインジリング》、テンプル・ドレイクのその後の人生をたどった。それによって彼は、個人、特に女性と社会の葛藤を改めて考え、テンプルにとっての閉鎖空間脱出方法を探る。

2．2　手紙の行方

『尼僧への鎮魂歌』のテンプル・ドレイク・スティーヴンズについて、批評家たちの評価はさまざまだが、彼女に対する好意的な見方も多い。(3) フェミニズムや脱構築批評などを経て、テンプルを追い詰めるギャヴィン・スティーヴンズが代表する父権制の横暴が明らかにされてきたし、特にポークによる『尼僧への鎮魂歌』論は説得力あるテンプル擁護論を展開している（Polk, *Faulkner's*）。よってここでは、ヒロイン擁護の論陣を新たに張るのではなく、テンプルが昔レッドに宛てて書いた恋文を中心に検討し、彼女の決断の曖昧性について考える。

州知事公邸でテンプルは、八年前のオールド・フレンチマン屋敷での殺人事件後、メンフィスの売春宿に監禁されていたとき、レッドに恋文を書いていたと話す。テンプルは、手紙の中で淫らな言葉を使ってはいるが、それらは「良い手紙」だった、と繰り返し主張する（*RN* 573, 74）。彼女がそう抗弁するのは、そのような手紙を書くほどレッドを本気で愛していた、と信じなければ、自分があまりに惨めだからかもしれない。しかし使い古しの愛の言葉を羅列した手紙を書くことが、レッドを愛していると信じるための遂行的行為《パフォーマティヴ・アクト》だったとすれば、ポパイの眼前で強制された性行為同様、激しい恋文を書いて自分の恋を本物と信じる行為も、ファロゴセントリックな男社会に追従することになる。(4)

しかしテンプルが昔書いた手紙の束は、『尼僧への鎮魂歌』でなかなか行方が定まらない。最初それは、テンプルの恋文を手に入れたレッドの弟ピートによって、テンプルへのゆすりに使われる。だがピートが心変りして彼女に手紙を返すと申し出ると、テンプルはそれを受け取ることを拒否するので、ピートは手紙を持ったまま姿を消す。テンプルは手紙を取り戻す機会を得たにもかかわらず、それを受け取って燃やしてしまいもせず、また反対に、自分の愛の証拠として大事に保管しようともしない。もし自分の家庭を守りたければ、彼女は即刻その危険な手紙を燃やすべきだった。[5] ところが彼女はピートにその手紙を託し、それが再度ゆすりに使われるかもしれない危険にさらす。彼女の行動は常識的には馬鹿げている。しかしピートに手紙を委ねることによって、テンプルはそれを、金で全てが解決される領域から、ピートを信頼する、という人間同士の曖昧な関係性の領域へ移行させる。

手紙に関するテンプルの決断を、フォークナーの他の女性登場人物の行為と比較すれば、読者はテンプルに対してもう少し寛容になるかもしれない。短編「女王ありき」（1933）でナーシサ・ベンボウ・サートリスは、以前バイロン・スノープスから受け取ったわいせつな手紙を元にゆすられる。彼女は、自分が捨てずに持っていた手紙を盗まれたことを恥とする。それでゆすりの相手で元ＦＢＩの見知らぬ男と寝て手紙を取り返し、焼き捨てる。また『尼僧への鎮魂歌』ではナンシー・マニゴーも、ピートと寝て、そのかわりに手紙を返してもらえばよい、とテンプルに勧める。しかしテンプルはそういった交換取引はしなかった。

自分が書いた恋文に関するテンプルのやり方はむしろ、『アブサロム、アブサロム！』でジュディス・サトペンが、チャールズ・ボンの最後の手紙に関してとった行動と比べられる。ジュディスはボンからの手紙をクエンティンの祖母に手渡し、それを持っているなり捨てるなり、好きなようにしてくれという（*AA* 100）。彼女は、二人の愛の証である手紙を手元に置くのではなく、知人に託し、第三者が彼らの愛を記憶し、伝えてくれるかもしれない可能性に賭けた。トマス・サトペンが執着した大理石の墓石とは違い、一通の手紙が後世に残る可能性は少ないが、ジュディスはボンとの愛——それもボンに愛人がいるので不確かなものだが——の記憶を他人の判断に託している。同様にテンプルも、自分がレッドを、さらにはその弟のピートを愛していたかどうか、よくわかっていない。しかし彼女はピートに手紙を委ねることによって、元来、暴力と威嚇の産物であった自分の恋に賭けようとしている。

2．3　監獄からの脱出

『尼僧への鎮魂歌』の最後、監獄でナンシーと話したテンプルは、舞台の外にいる夫ガワンの呼びかけにこたえて去って行く。この行動が父権制への彼女の服従を示すのか、それとも現在と過去の事件の真相を再認識した夫との新たな出発を暗示するのか、定かではない。いずれにせよ彼女の今後の人生は、彼女自身の努力ばかりでなく、夫や姿を消したピートの生き方とも関係せざるをえない。監獄が父権制社会の閉鎖空間を示すならば、彼女はとにかく父権社会の法制度という空間から抜け出して、他者との新たな結びつきを探る行動から始めるほかない。『サンクチュアリ』では、検察側に有利な証言を終えて用済みとなったテンプルを、彼女の父と、おそらく彼女の兄弟であろう四人の男たちが法廷から連れ出した。一方『尼僧への鎮魂歌』でテンプルは、夫に応じる形ではあれ、自発的に舞台から去り、彼との新しい関係構築を試みることになる。

『尼僧への鎮魂歌』冒頭の郡庁舎の話では、昔、牢屋の一方の壁を取り払って逃走した強盗たちの話が書かれている。一方の壁が消えた牢屋は、語り手によれば、ちょうど「舞台」（*RN* 484）のように見えた。『尼僧への鎮魂歌』の読者は、戯曲の舞台がガワン・スティーヴンズの居間であれ、知事公邸であれ、それらを小説冒頭に紹介された牢屋と連想できる。登場人物たちは、社会的、経済的、法的な制度の檻の中で暮らしているが、独立記念日翌朝の脱走のエピソードは、テンプルにも罪人というだけの立場から逃走する可能性があることを示唆する。

処刑が迫ったナンシー・マニゴーは、信じよ、とのみ言い残して舞台の奥へ消えた。その扉は刑死への道だが、彼女にとっては、自分が信じる神の世界への脱出口かもしれない。「何を信じるの？」（*RN* 663）と必死に問うテンプルに答えないナンシーは、キリスト教の神を信じているのか、それとも神秘的な彼女独自の神があるのか不明である。ナンシーがテンプルの赤ん坊を殺す動機も不可解で、陪審員的立場にある観客は、彼女を合理的に断罪できないいらだちを経験する。ナンシーが主張する殺害動機の正当性は認められない。しかし州裁判所の死刑判決が絶対なのか。またテンプルは赤ん坊の死にどこまで責任があるのか。順法精神を尊ぶ観客すなわち読者は、罪を犯した女が告白して罰せられるのを見物するという、一種のローマン・ホリデイを楽しむはずだった。しかし最後に誰もいなくなった舞台を眺めるとき、観客、読者は、自分たちが父権制社会の硬直した第四の壁を形成していたことに気づかされる。

『尼僧への鎮魂歌』の最終幕直前、「監獄」という題名の序章では、テンプルとは関係のない、南北戦争当時に監獄吏の娘だったセシリア・ファーマーの話が語られる。彼女は窓にたたずんで、常に町の人びとから見られる受動的存在だった。しかし南北戦争の行軍中に彼女をかいま見た中尉が戻ってきて求婚したとき、彼女は即断して一緒に彼の故郷に帰る。セシリアは、駿馬上の男に引き上げられていく、単純で従順な女性のようにみえる（*RN* 646）。しかし一方でその姿は、キーツの詩「つれなきたおやめ」（"La Belle Dame sans Merci"）に登場する魔性の女性と見まがうこともできる。王や騎士に誘われて馬上の人となる妖精は、男たちを虜にしてしまった。窓辺でじっとしていることが好きなセシリアは、ファーマーという名前にもかかわらず、故郷に帰って農業を営む男の役に立たないかもしれない。彼女の父も、農夫（ファーマー）になろうとして失敗し、獄吏になった男である（*RN* 627）。

『征服されざる人びと』でフォレスト将軍が通りかかったとき、窓ガラスにダイアモンドの指輪で自分の名前を刻んだ娘はシーリア・クック（*U* 329）だった。『墓地への侵入者』では、獄吏の娘が名前を窓に刻んだ逸話はあるが、その名は記されていない（*ID* 321）。それが『尼僧への鎮魂歌』でセシリア・ファーマー（*RN* 627）となったのには、やはり作者の皮肉な意図があるだろう。男の求めに応じてあっさり故郷を去る娘が窓ガラス上に刻んだ署名は、父権社会で受動的な役割を演じながらも、自己主張をせずにはいない女性の存在を明らかにする。

セシリアはテンプルではない。しかし監獄から、またはその建物から男と去っていく女は、それぞれ自分たちの生を何らかの文字の形で残そうとする。それはテンプルの稚拙な手紙であれ、セシリアの窓ガラス上の署名であれ、いずれも脆弱な生の記録である。だが彼女たちは、閉じ込められた空間で自分たちがもがいた証拠を残し、そこから脱出して次の戦いに臨む。次章では、個人が生きた証拠としての「ひっかき傷」（*LG* 253）と、それを人びとがどう受け止めるのか、公的記録や記念碑との関係を考えてみたい。

3．公的記録と芸術家

3．1　町の名前

名前に執着し、権威化することは、『尼僧への鎮魂歌』では揶揄を込めて扱われる。小説冒頭の「郡庁舎（町の名前）」では、強盗たちの脱走事件に絡んで合衆国政府の郵便運搬人ペティグルーを買収する必要が生じ、人びとは彼のファースト・ネームであるジェファソンを町の名前にすると申し出る。合衆国政府の法律を重んじて融通の利かないペティグルーも、自分の名前が公に町名として残る、という誘惑には勝てない。一方、町の創立、発展に尽くした人びとのなかには、ラトクリッフという綴りの煩わしさをいとって「ラトリフ」と簡便化した名前に変える一族もある。フォークナーの他の作品に登場するV・K・ラトリフが、ユーモアも良識もある人間であることを考えれば、自分の名前が公的に広く認められることに固執するのは、ヨクナパトーファではあまり意味がない。

公の権威を誇示する建造物を残したい、という政府の欲望はさらに容赦なく皮肉られる。『尼僧への鎮魂歌』の第二幕序章「黄金のドーム」では、ミシシッピ州の沿革と、威風堂々とした州議事堂について語られる。この部分は、最初にトマス・マックヘイニーが指摘したように、大恐慌時代の全米作家計画（FWP, Federal Writers' Project）から生まれた書物『ミシシッピ州案内』（*Mississippi: The WPA Guide to the Magnolia State*）からあからさまな引用をしている（McHaney, "Faulkner" 117）。公共事業促進局（WPA）傘下の全米作家計画で、政府はこの時代に困窮した作家たちを雇い、地方の過去と現在、およびアメリカ国民の物語を記録する地誌を制作する、という壮大な目的を持っていた。しかしフォークナーは

WPA主導の官製ガイドブックを冷笑的な筆致で引用し、ジャクソンにある州議事堂を皮肉り、連邦政府が芸術に介入することを批判する。

3．2 フォークナーと郵便局壁画運動

フォークナーはさらに、『尼僧への鎮魂歌』冒頭の「郡庁舎（町の名前）」で、ニューディール政策の一環として盛んだった郵便局壁画運動も密かに揶揄しているのではないだろうか。この運動は、WPAとは別に一九三四年から一九四二年にかけて合衆国財務省の美術局（Treasury Section of Fine Arts）が推進したプロジェクトである。それは全国にある公共建造物、特に郵便局で、その土地を代表するような芸術的壁画を掲げる、というもので、スー・ベッカムによれば、南部が対象のひとつとして意識されていた（Beckham 3-4）。またこの国家プロジェクトは、芸術家への経済的支援としての性格が強かったWPAの連邦芸術計画よりも作品の質を重視し、合衆国の芸術推進を目指したという（Beckham 9-10）。

フォークナーが住んでいたオクスフォードの郵便局が、この計画に参加した形跡はない。しかし彼が生まれたニュー・オールバニーや彼の曾祖父が建設したガルフ・アンド・シカゴ鉄道の終点であるポントトックの郵便局には、当時の壁画運動時の壁画がまだ飾られている。またフォークナーが五歳まで過ごしていたリプリーの郵便局にも、絵画ではないが、同じ趣旨で一九三九年に完成した浅彫り彫刻がある。リプリーの郵便局は一九三八年、大恐慌下に連邦政府のニューディール政策の援助を受けて新たに建設されたが、それによって、その敷地にあったフォークナーの曾祖父ウィリアム・クラーク・フォークナーの大邸宅フォークナー・ハウスは解体された(6)。フォークナー家のなかで最も華々しい存在であっ

リプリー郵便局のレリーフ彫刻。タイトルは “Development of the Postal Service”
（2013 年、著者撮影）

た曾祖父は、『土にまみれた旗』その他の小説で作家の想像力を刺激しており、フォークナーが曾祖父の邸宅解体の経緯を知らないはずはない。上に挙げた郵便局壁画はすべて一九三九年に完成した[7]。

フォークナーがこの芸術運動に特に注目、または反対していたという明白な証拠はないが、彼と郵便局にはそれなりの接点がある。郵便局壁画運動が始まるより一〇年以上前、若きフォークナーはミシシッピ大学の郵便局長として約二年半勤務していた（事実上は、職務怠慢のために解雇されたも同然だった）。また一九三〇年『フォーラム』誌に掲載された短編「エミリーへの薔薇」は、郵便制度に対するエミリー・グリアソンの否定的な反応に触れている。語り手は、エミリーが家番号や郵便箱の設置すら拒否したと伝えるが、郵便制度は一種の管理体制だ、という不信感をこの語り手も密かに抱いているのかもしれない。一方、『尼僧への鎮魂歌』執筆当時、ジョーン・ウィリアムズに求愛していたフォークナーは、妻エステルの目を

ニュー・オールバニー郵便局に飾られている壁画。タイトルは“Milking Time”
（2013 年、著者撮影）

くらますため、オクスフォード郵便局留めで偽の宛名に手紙をよこすよう、ジョーンに細かく指図したこともあり（Williamson 280）、郵便局は田舎町に暮らす作家にとってかなり重要な存在だった。

郵便局壁画運動は、ベッカムが詳述するように、当時も多くの問題を抱えていた。すなわち、その土地の壁画としてふさわしいテーマの選択、壁画を描く画家の決定、またそれらの最終的決定権は誰にあるのか——地方か連邦政府か、画家は誰の意向に沿って描くべきなのか等々。[8] これらの問題は、合衆国政府がＷＰＡ計画に芸術家を動員することに対するフォークナーの不信と直結する。『尼僧への鎮魂歌』冒頭の、郵便局を兼ねた雑貨店の強盗事件、そして強盗たちの脱走に関して、連邦政府郵便運搬人を買収して彼の名前を町の名前に採用する話は、ジェファソンという町の成り立ちにふさわしい郵便局壁画として、皮肉に機能する。

『尼僧への鎮魂歌』第三幕序章は、政府のＷＰＡ計画全般に対する批判的視点が顕著だが、フォークナーが郵便局壁画運動に直接、反対意見を表明したことはない。しかしメキシコのディエゴ・リベラやシケイロスなどの影響を受けたアメリカの壁画派画家の存在はよく知っていただろう。リベラがニューヨークのロックフェラー・センターに描いた壁画にレーニンの顔を入れて大問題になったのは、一九三三年のことである（『ロックフェラー回顧録』七九–八一）。

さらに、ミシシッピ州エイモリーにある郵便局壁画を一九三九年に制作した画家ジョン・マクレディ（John McCrady, 1911-68）は、青春時代をオクスフォードで過ごしている。彼の父エドワード・マクレディは一九二八年オクスフォードに来てミシシッピ大学哲学科の教授で学部長となり、またオクスフォードのエピスコパル派聖ピーターズ教会牧師でもあった。[9] 聖ピーターズ教会はフォークナーの娘ジルが洗礼を受けた教会でもある。ジョン・マクレディはミシシッピ大学に進学して一九三一年から三二年の卒業記念アルバムでは挿絵も担当したが、一九三二年にニューオーリンズの美術学校に転校して画家となった。ニューオーリンズでジョンはメアリー・バッソと結婚するが、彼女の兄ハミルトン・バッソ（Hamilton Basso）は若きフォークナーがニューオーリンズ滞在中、シャーウッド・アンダソンを通じて知り合った作家であり、小説『蚊』の「ナウシカ」号に乗船した芸術家たちのモデルの一人ともなっている（*FB* 419）。

ジョン・マクレディは黒人の生活を題材とすることが多かったが、若き日を過ごしたオクスフォードの町を題材とした絵もよく描いた。彼の「政治集会」（"Political Rally," 1935）という絵の右端にはフォークナーの姿も描き込まれており、彼の向こうにいるのはマクレディ自身と彼の妻になった女性だという（Houssaye 134）。こうしてフォークナーは、マクレディ本人やその絵をよく知っていたはずである。

一九四六年、『オクスフォード・イーグル』誌の副編集長フィリップ・E・ムレン（Phillip E. Mullen）は、マクレディが故郷を描いた「町の広場」（"Town Square"）という題の絵を町が買い上げるために、人びとから資金を募ろうとした。このとき、徐々に名声を得ていたフォークナーは、自分が買おう、と申し出ている（*FB* 1220）。

以上のことから、『尼僧への鎮魂歌』冒頭のジェファソンという町の由来に郵便局や郵便運搬人が登場するのは、郵便局壁画運動を知っていたフォークナーの当てこすりだと考えられる。それは第二幕序章に当たる「黄金のドーム」、第三幕序章のWPA計画批判ともつながる。フォークナーにとって芸術とは、個人がそれぞれ自分の生の証として表現するものであり、公共機関の支援により、その意を受けて地域社会のために行うものではない。セシリア・ファーマーが牢屋の窓枠に自分の名前を刻みつける行為は、芸術家の役割とは「決定的で取り返しのつかぬ忘却の壁に」（*LG* 253）ひっかき傷をつけることだ、と述べたフォークナーの言葉を思い起こさせる。壊れやすいガラス上の彼女の署名は、芸術家の営みも忘却にあらがうはかない努力であることを暗示する。

それゆえに、セシリア・ファーマーの署名がある窓ガラスが次第に有名になることは、微妙な問題である。ジェファソンは観光都市ではないので、旅人たちが彼女の評判を聞きつけて大挙して押しかける可能性は少ない。しかし語り手は、いつかこの窓が博物館入りする可能性を指摘する。「その頃までには——誰が知ろう？——その窓枠だけでなく窓全体、ひょっとするとその壁一面までが、歴史協会とか婦人文化クラブによって博物館に移され、そのままの状態で保存されるかもしれない」（*RN* 643）。ここで使われる動詞"embalm"は「防腐保蔵処置を施し」保存するという意味を持ち、セシリアの署名は、当初のか細い生の叫びを表すのとはかけ離れた公共的記念碑になってしまう。独立記念日翌朝、強盗たちが牢屋の一方の壁全体を外して逃走したとき、その壁は彼らの自由への向こう見ずな希求を象徴していた。しかし博物館に収蔵されるセシリアの窓の壁は、個人の生が制度の中へ閉じ込められ、硬直化する象徴となる。

3．3　個人的記憶の継承

セシリアの署名は、『尼僧への鎮魂歌』の語り手が、この土地から消えた人びとについて強迫観念的に言及することと一対で考える必要がある。「監獄」の章で語り手がしばしば言及する古い鏡は、長きにわたって多くの人びとが通り過ぎていくのを映してきた。そこには塵に帰してから三世紀もたってなお、死に対して否、と叫ぶ人の顔もある（*RN* 617）。だが鏡面は人びとの生死を一時的に映すだけである。地上を踏みしめていったすべての動物や人間、またその足跡も、彼らが去った後には消えてしまうように（*RN* 619-21）、テンプル・ドレイク・スティーヴンズを含めた多くの人びとが「絶望的な、答えのない問いを発したことさえ忘れ去られてしまう」（*RN* 617）可能性はある。取り返しのつかない失敗をして絶望する人間にとっては、死によってすべてが無になることが慰めかもしれない。移ろいゆく事象を映してきた古い鏡について語る語り手は、人びとが生きた事実を強調すると同時に、喪失、忘却そのものにも惹かれている。処刑寸前のナンシー・マニゴーが「信じよ」（*RN* 662）というのに対して、テンプルが「何を？」と聞き返しても答えはない。登場人物がすべて去る終幕の舞台は、虚無を象徴してもいるのだろうか。

しかし語り手は、人が生きた証を残すことと、その痕跡が消滅することの他に、もう一つの可能性を提示する。『尼僧への鎮魂歌』には、セシリアが名前を刻んだ窓ガラスを銀板写真と結びつける記述がある。彼女の署名は、「ほぼ一世紀前の……銀板写真ほど遠い昔」(*RN* 644) から現在へと語りかけてくる。スチュアート・ビュローズは『アブサロム、アブサロム!』で、ヘンリーとボンがボンの愛人を巡って交わす会話を、銀板写真の技法と関連付けている。ビュローズは、昔の銀板写真の銀メッキした銅板は費用がかかるために何度も再使用されたと説明し、銀板写真は「過去を保存することと消すことの両方を行う技術」(Burrows 120) だった、と述べている。『尼僧への鎮魂歌』で語り手は、人びとや動物が地上に残した足跡が消え、新たな征服者の足跡がつくことに言及しているが、そのように繰り返し上書きされる羊皮紙的大地は、銀板写真の繰り返し使われた銀板に似る。消えた存在も、人びとの想起によって呼び覚まされる可能性がある。それは大量コピーができる現在の写真とも、移ろいゆく鏡像とも違い、消された銀メッキ銅板上の像のように、面影をたどることでおぼろげに蘇る。では失われた人や記憶についての有効な想起とは、どのようにして可能だろうか。

作者は虚無にあらがうために、個人の喪失体験に他者が共感する可能性を示す。『尼僧への鎮魂歌』でナンシーに赤ん坊を殺されたテンプルは、ナンシー自身が失ったお腹の子について言及する。「でも、もう一人のほう、あなたの子。あなたが話してくれた、六ヶ月になっていて……その男がお腹を蹴ったので、亡くしてしまったという。その子も?」(*RN* 660)。短編「あの夕陽」(1931) では、愛人ジーザスに殺されることを恐れているナンシー・マニゴーに対し、まだ幼いキャディ・コンプソンはその恐怖が理解できず、迎えに来た父とさっさと帰ってしまう。しかしテンプルは『尼僧への鎮魂歌』で、彼女の赤ん坊を殺したナンシー自身もお腹の子を失った悲しみを経験していることに気づく。テンプル自身の喪失体験とナンシーへの苦い共感を通してフォークナーは、間接的に「あの夕陽」の幼いキャディの無邪気な冷淡さをもあがなっている。さまざまな経験を経た中年のキャディであれば、『尼僧への鎮魂歌』の二人の女性に共感できるだろう。三人とも実際に、または間接的に自分の子供を失い、恋愛で裏切りや失望を経験した。フォークナーは、『尼僧への鎮魂歌』という題名の「尼僧」はナンシーを指す、と述べたことがある（*FU* 196）。シェイクスピアの時代には売春婦を指した「尼僧」は、売春婦だったナンシーばかりでなく、男性遍歴のあるキャディやテンプルにも、ある意味、当てはまる。ただナンシーが神秘的な信仰に救いを求めるのに対し、キャディとテンプルの救いの可能性は、彼女たち自身が他者の苦しみに、あるいは読者が彼女たちの苦悩に気づき、共感する力にある。

「付録――コンプソン一族」で、図書館司書メリッサ・ミークは、キャディらしき女性がナチス将校と共に写っている写真にうろたえて、それが載った雑誌を隠してしまう。それは公僕としてあるまじき行為である。しかし、市場に流通している雑誌を隠す、というメリッサの滑稽な振る舞いは、セシリア・ファーマーの署名入り窓ガラスを博物館に収蔵するよりは、遥かに人間くさい行為である。彼女はその写真を恥と考えると同時に、キャディのために泣いている（"AC," *Novels 1926* 1137）。また年老いたディルシーは、訪ねてきたメリッサが差し出した雑誌の写真を見ようともしない。彼女はキャディ像を固定化させるメディアを拒否して個人の記憶を守る。メリッサやディルシーは、マス・メディアの複製技術に対して生身の人間に共感し、記憶することで、精一杯の抵抗を試みる。そして『尼僧への鎮魂歌』の最後、テンプルがガワンの呼びかけに応じて舞台から去っていく時、読者には、彼女は公の権力空間から出て夫との人生をやり直す選択をした、と解釈して共感する余地も残されている。

フォークナーと同時代の作家フィッツジェラルドは、売れる作品を書いて生活する自分を自嘲気味に娼婦呼ばわりしたが(Turnbull 307)、初期の小説『蚊』でフォークナーは作家フェアチャイルドに、自分が娼婦になるなら「善良で誠実な娼婦になる」(*MOS* 322)、と言わせている。フォークナーもある意味、客すなわち読者を満足させる「尼僧」という娼婦である。しかし戦後、急に有名になった彼の小説は、公立図書館に「防腐保蔵処置を施して」陳列されるかもしれない。『尼僧への鎮魂歌』という題名はもともと一九三三年からあったが、それは一九五一年、名声は上がる一方、家庭生活は破綻寸前で、自らの創作能力に疑問も持ち始めた作者自身への鎮魂歌ともなりうる。しかし「付録――コンプソン一族」でキャディについて短い文章を書いたフォークナーは、その後テンプル・ドレイクを再考し、カウリーが手際よくまとめた『ポータブル・フォークナー』の陳列棚とは別に、変化し続けるヨクナパトーファを目指す。目的語がない「信じよ」というナンシーの素っ気ない台詞は、書くことを信じよ、という作者自身への命令ともなる。

4．フォークナーと出版社

4．1　商品としての本

フォークナーは『尼僧への鎮魂歌』で公的記念碑と個人の生き様について考えているが、第二次世界大戦後、彼は作家とその作品が社会とどのような関係を保つのか、以前より敏感にならざるをえなかった。すでに一九三〇年代の大恐慌下、売れない作家たちは生計維持のために、全米作家計画（FWP）に参加するか、ハリウッドへ行くかという選択肢があったが、フォークナーは映画市場を選んだ。彼は国家的要請による公式記録作成に携わるよりは、一般大衆の娯楽のために映画脚本を書いて収入を得ようとした。しかし第二次世界大戦後、次第に作家として名声を博するようになったフォークナーは、文学と大衆娯楽と時の政情とがより複雑に絡みあう状況に直面する。一九四八年出版の『墓地への侵入者』は、文学作品であると同時に、南部作家として人種問題についての意見を表明する場にもなる。饒舌な作中人物ギャヴィン・スティーヴンズの意見がそのまま作家の意見ではないが、それぞれの読み手にとって都合の良いメッセージだけが一人歩きすることもある。またこの小説は映画化され、一九四九年春、彼の故郷オクスフォードがロケ現場となるという話題も提供した。今まで地元で変人扱いされてきた作家は新聞記者たちの関心をひき、町の名士となり、自らのプライヴァシーをメディアから守る必要も強く感じるようになる[10]。

確かにフォークナーは、人気を利用して自作から利益を得る術もそれなりに心得ていた。一九五七年彼はヴァージニア大学で、小説『野性の棕櫚』(1939) について、「野性の棕櫚」と「オールド・マン」という別々の物語を対比的に語ることが必要だった、と述べている (*FU* 8, 171)。しかし、ローレンス・H・シュウォーツが指摘するようにフォークナーは、一九四七年には『野性の棕櫚』のうち、「オールド・マン」を省略して「野性の棕櫚」のみがニュー・アメリカン・ライブラリー（NAL）のペーパーバックとして出版されることもあっさり許可している[11]。廉価版のペーパーバックは収入を得る手段、と割り切っていたのかもしれない。

ランダム・ハウスは一〇年以上、フォークナーの出版社として彼を支えてきたが、社主ベネット・サーフ（Bennett Cerf）は、第二次世界大戦後のペーパーバックビジネスにも敏感である。自らもバンタム・ブックスの設立に関わりながら（尾崎　一六六-六八）、彼はフォークナー作品のペーパーバック化について、NALの辣腕責任者ヴィクター・ウェイブライト（Victor Weybright）との交渉に応じている。[12] ただし具体的なペーパーブック化についてフォークナーの意向を直接確かめるのは、サーフと共に経営にも携わるロバート・K・ハース（Robert K. Haas）や編集者サックス・コミンズ（Saxe Commins）といった、フォークナーの信頼が最も厚い友人たちの仕事であった。サーフは気難しい作家たちとの付き合いかたを良く心得ていたといえる。[13]

フォークナーはペーパーバック化された自作について、表紙を飾る扇情的な絵に苦言を呈した様子はない。また、自分の作品がひどく改変されて映画化されることもいとわない（たとえば一九三三年および一九六一年の『サンクチュアリ』映画化）。一九五五年に書いた「プライヴァシーについて」で述べたように、フォークナーはいったん作品が世に出た以上は、それを人びとがどう解釈しようと自由だ、という意識を持っていたのだろう（"On Privacy," *ESPL* 66）。しかし、新聞や雑誌、さらにはテレビと続くマス・メディアが勢いを増していくなかで、フォークナーは個人と社会の関係、さらに芸術家の名声のあり方について考えざるをえなくなる。

4.2　武器としての本

シュウォーツは、第二次世界大戦後の冷戦構造の下、フォークナー作品が合衆国の自由の象徴として、アメリカ民主主義を推進することを旨とするロックフェラー財団に認められたこと、そしてペーパーバックの爆発的成長も伴って、彼の名声が大学のみならず出版界を席巻していった経緯について丁寧に明らかにしている。よってここでは、フォークナーと一九四〇年代のヴァイキング社、さらに長年彼の作品を出版したランダム・ハウスとの関係に少しだけ触れておきたい。一九四〇–五〇年代の政治と経済は出版界にも大きな影響を与えたが、フォークナーの場合を単純化すれば、政治面ではヴァイキング社、経済面ではランダム・ハウスが彼の名声に貢献したことになる。

ヴァイキング社のハロルド・K・ギンズバーグ（Harold K. Guinzburg）もランダム・ハウスのベネット・サーフも、一九二〇年代にそれぞれの出版社創立から関わった出版人である。二人とも、フォークナーが一九三一年『サンクチュアリ』を出版した頃からこの新人作家には関心を寄せていた。高度な印刷技術による美術書出版も手がけていたサーフは、『響きと怒り』を、登場人物の意識の流れに沿って多色刷りにする限定出版まで提案している（*FB* 805, 820-21）。もっともこの計画は結局、実現しなかった。

フォークナーはケイプ・アンド・スミス社のもとで『響きと怒り』、『死の床に横たわりて』、『サンクチュアリ』を出し、スミス・アンド・ハースのもとで『八月の光』、『標識塔〈パイロン〉』を出版した。そして一九三六年、スミス・アンド・ハースがランダム・ハウスに買収されたのを機に、ランダム・ハウスに移る。ランダム・ハウスはフォークナーを経済面、精神面双方でサポートしたが、一九四〇年六月、フォークナーは経済的苦境、およびランダム・ハウスに迷惑をかけ続ける精神的負担に疲れ、ギンズバーグの誘いを受けてヴァイキング社に移籍する意向を示した。しかしこのとき、ベネット・サーフは迅速に行動して（移籍には、直近に出版された小説『村』の出版費用をヴァイキング社が負担すべきだ、という条件をギンズバーグに提示［*FB* 1051-53］）、フォークナーの移籍を阻止している。

戦後のフォークナー評価起爆剤となったヴァイキング社の『ポータブル・フォークナー』（1946）は、マルカム・カウリーが編集を担当した。その前に彼は同社の『ポータブル・ヘミングウェイ』を手がけた実績があったが、カウリーによれば、ヴァイキング社の編集者マーシャル・A・ベストが『ポータブル・フォークナー』の可能性を打診してきたという（*FCF* 21）。『ポータブル・フォークナー』がヘミングウェイ版に比べれば、大して売れなかったのは事実である（Schwartz 55）。だがおよそ一〇年間、ランダム・ハウスが引き受けていたフォークナー作品を、抜粋とはいえ、ランダム・ハウスの了解を得てヴァイキング社が出したことには意義がある。

ヴァイキング社のポータブル・シリーズは、一九二五年ジョージ・S・オッペンハイマーと共にヴァイキング社を創立したハロルド・K・ギンズバーグが、同社の編集者マーシャル・A・ベストと組んで、第二次世界大戦中の一九四三年三月から始めた。(14) 同年五月には官民一体で、軍用文庫（Armed Services Editions）という、標準的なアメリカ文学中心のペーパーバックを戦地のアメリカ兵の教養と娯楽のために無料で配る計画も始まることになっていた（Tebbel 31）。それはフランクリン・D・ローズヴェルト大統領が前年に掲げた、国民と戦場の兵士たちのモラルを高める戦時政策の一つ、「思想間の戦争において本は武器である」（Schwartz 50）に基づいている。ヴァイキング社のポータブル・シリーズも元来、軍用文庫の市民版という性格を持っており、アメリカ市民に良質なアメリカ文学を広く知らせ、誇りとしてもらう、という狙いがあった。またヴァイキング社は、フォークナーが『尼僧への鎮魂歌』で皮肉に引用したＦＷＰに基づく『ミシシッピ州案内』を、一九三八年に出版している。ヴァイキング社はローズヴェルト大統領の統治時代（一九三三-四五）、総じてその政策によく協力した。

第二次世界大戦中の軍用文庫出版は、戦時情報局（OWI, Office of War Information）と協力した戦時図書委員会（CBW, Council for Books at War time）が主導したが、この組織はアメリカの代表的な出版人、編集者、教育者たちで構成された民間組織で、「本は武器」というスローガンも最初、ＣＢＷが提唱したものである（Hench 415, 尾崎　一四〇-四八）。ランダム・ハウスのベネット・サーフも代表メンバーの一人であり、軍用文庫にはフォークナーの「エミリーへの薔薇」その他の短編も採用された（Earle 234）。ランダム・ハウスでフォークナーの編集者だったサックス・コミンズが序文を書いているが、ここには「エミリーへの薔薇」のほか、「乾燥の九月」や「納屋は燃える」、「デルタの秋」などが収められている。軍用文庫の愛国的な目的にもかかわらず、南部の人種差別や封建的社会など、アメリカの暗部を描いた秀逸な短編がそのまま並ぶ点で、それは当時のアメリカ出版人の良識を示している。

ＣＢＷは一九四四年九月、アメリカ文学や文化を広報する軍用文庫と同じ趣旨で、主にフランス、ドイツ向けの海外版も出版することを決め、それを戦時情報局の海外支部を通して配布した。当時ハロルド・Ｋ・ギンズバーグは、将校として戦時情報局のロンドン出版局長を務めており、一九四四年一二月にアメリカに戻ったが（Madison 310）、彼が戦時情報局とＣＢＷ間の協力を強力に推進したといわれている（Tebbel 55-56, Hench 4-7）。

フォークナーがその頃、上に述べたような合衆国政府と出版界の密接な協力関係にどの程度敏感であったかはわからない。アメリカが第二次世界大戦に参戦すると、フォークナーも入隊を希望したがうまくいかず（*SL* 152)、「二人の兵士」(1942) や「朽ち果てさせまじ」(1943) など、アメリカ市民の戦意高揚に通じる短編を書いている。ハリウッドでは、戦争物の映画脚本『空軍』(*Air Force*) や『バトル・クライ』(*Battle Cry*) も書いた。それは当時、彼の経済状態がかなり逼迫していたためでもある。一方、ランダム・ハウスの重役ロバート・K・ハースの息子が一九四三年に戦死したとき、フォークナーは、自分も第一次世界大戦で負傷した仲間であるかのようなお悔やみ状を送っている (*SL* 175)。第二次世界大戦後に書いた『尼僧への鎮魂歌』では政府主導の芸術運動を揶揄し、大戦初期の『行け、モーセ』では、ナチスと対決するはずのアメリカ合衆国も人種差別問題を抱えていることを意識していたフォークナーだが、大戦中は、アメリカ合衆国と一体化できる愛国者でもありたかったのだろうか。

4．3　ランダム・ハウス

ヴァイキング社のギンズバーグは第二次世界大戦後、CBWを解消発展させた組織、アメリカ出版社協議会（ABPC, American Book Publishers Council）の長を務めた（Tebbel 198)。彼は戦時中の将校としても、また生涯一出版者としても、アメリカ民主主義擁護に力を尽くそうとしたのだろう。一方、ランダム・ハウスの最高責任者サーフは、戦前から政界とも上手につき合っていたが（もっとも彼が一九三八年に出版したフランクリン・D・ローズヴェルト大統領の大部な演説集はほとんど売れず、大統領の不興を被ったという［Cerf 139-42］)、ギンズバーグと比べれば、彼の関心は本来の出版業界とマス・メディアに向けられていた。それゆえにこそフォークナーは、第二次大戦後サーフの仲介もあって、映画会社ワーナー・ブラザーズとの契約を円満に解消できたし、自作のペーパーバック化による収益にもあずかれた。

サーフは若くしてボーニ・アンド・リヴライト社の経営に参加し、強烈な個性を持ちつつ放漫経営に苦しむホレス・リヴライト（Horace Liveright）からモダン・ライブラリーを手に入れた。またジェイムズ・ジョイスの『ユリシーズ』をアメリカ合衆国に持ち込み、ランダム・ハウスが最初に出版するのに成功している。フォークナーとサーフはほとんど歳も違わない（サーフは一八九八年五月生まれ）。しかし一九二五年にフォークナーより一足早く、大西洋航路の豪華客船でヨーロッパ旅行に繰り出すことができたサーフは、社交的で好奇心旺盛、しかも経営感覚に優れた出版人で、フォークナーとは全く性格が違う。第二次世界大戦後は、ペーパーバック革命に乗り遅れることもなかった。この世知に長けたサーフが後ろ盾となり、サーフを補佐したロバート・K・ハースや優秀な編集者サックス・コミンズら、フォークナーが信頼した人たちがいたおかげで、フォークナーは常にランダム・ハウスの支援を受けてノーベル賞作家としての体面を保ち、また公人としての活動をかろうじてこなせた。

フォークナーは、ノーベル文学賞候補になった頃から公的な意見を求められる機会が増え、人種問題についても積極的に発言するようになった。しかし彼は穏健な人種差別反対意見を述べて地元の反発を招き、公民権運動が激化してくると黒人蔑視的な発言をして混乱している。またノーベル賞受賞後は、アメリカ合衆国国務省の要請を受けて一九五五年の日本を含む外国公式訪問を行い、一九五六年にはアイゼンハワー大統領に請われて民間交流計画の文学部門議長まで務めた。しかし冷戦下、共産主義国に対してアメリカ民主主義の価値を知らしめる目的で、多くの個性的な作家たちが知恵を出し合うという政策会議の議長役は、フォークナーには全く不向きだった[15]。ランダム・ハウスはこのときも裏方として彼を支援し、彼の素早い撤退に協力している（Williamson 299-300, *SL* 406）。『尼僧への鎮魂歌』では政府が芸術家に指図することに拒否反応を示しながら、フォークナーが合衆国政府に協力する公人、というペルソナを一時、真面目に引き受けたことは事実である。しかしこれらの仕事はフォークナーには荷が重すぎ、彼の公人としての役割は、全体としては失敗だった。セシリア・ファーマーの署名が公的な建物に保存されることについて考えた作者は、社会の有名人となることで作家としての危機が迫る予感があったのかもしれない。国家権力を信用しない一方、愛国者としてのヒーローに憧れることもあるが、概ね非社交的で、政治的、金銭的才覚に乏しかったこの作家にとって、ランダム・ハウスは、彼を支えるのに一番適した出版社であった。

第二次世界大戦後の冷戦でアメリカ合衆国の民主主義が喧伝されるなか、フォークナーは『尼僧への鎮魂歌』で、大恐慌時代の政府による公共芸術支援をしばしば揶揄する。フォークナーにとって芸術家とは、すべての権威から距離をおいて、個人と社会の関係を意識しつつ、個人の生の記憶を語り伝えていくものである。確かに彼も戦争中は、愛国者でありたい、という国への忠誠心を持っていたし、冷戦時代にはノーベル賞作家として、外国への文化大使的な役割を務めることも辞さなかった。彼は政治的な人間ではなく、自分のプライヴァシーを守ろうとはしていたが、合衆国政府に名声を利用されることに対する防御は甘かったといえる。

一方、第二次世界大戦後の出版界のペーパーバック化、大量生産の波は、文学の世界にも大きな影響を与えたが、フォークナーの場合、ノーベル賞の重みもあり、経済事情の好転という意味では作家に多少の余裕をもたらした。『尼僧への鎮魂歌』は、『村』や『行け、モーセ』のようにそれまでに書きためた短編を利用するのではなく、基本的に新たな構想で書くことができている。確かに、雑誌に短編を書いてとりあえずの収入を確保する、という方法は、フォークナーがそれらの短編から構想を膨らませて長編小説を書く基本となって、彼を作家として成長させるのに一役買ってきた。『尼僧への鎮魂歌』も、自身の長編『サンクチュアリ』や短編「あの夕陽」との関連が強い。しかしこの小説には舞台という仮の公共空間が作られ、幕間には叙事詩的な散文も導入されるという、斬新な手法がとられている。もちろん、この章の最初に述べたように、彼が『尼僧への鎮魂歌』で劇という形式を採用したのには、芸術的というより、私的な理由があった。だがフォークナーは舞台を、個々の登場人物を包囲する法制度、閉鎖空間的社会として利用し、新たな実験の場とした。そこで彼は、自分の複数の小説のヒロインたちの個人的記憶をつなぐ。そして観客である読者も巻き込んで、読者と彼女たちが、舞台に象徴される強力な父権社会体制にあらがって連帯する可能性を探っている。

注

（1）"...it suddenly seemed as if a door had clapped silently and forever to between me and all publishers' addresses and booklists and I said to myself, Now I can write." ("Two Introductions to *The Sound and the Fury*," *ESPL* 293)

（2）"To me it is a cheap idea, because it was deliberately conceived to make money." ("Introduction to the Modern Library

Edition of *Sanctuary*," *ESPL* 176)

（3）バーバラ・ラッドは『尼僧への鎮魂歌』のテンプル・ドレイクの評価変遷を簡潔にまとめている（Ladd, "Philosophers"）。

（4）ケリー・リンチ・リームズは書く主体としてのテンプルの重要性を強調する。テンプルが父権制社会の制約に支配されていることは認めつつ（Reames 140）、女性中心のものの見方によって女性同士が連帯し、父権制社会から解放される可能性をテンプル、ナンシー、セシリアに見ている（146）。女性同士の連帯の必要性は本稿でも主張するが、本論では同時に、セシリアの署名が公的記憶として社会の中に組み込まれる危険性も論じる。

（5）ゼンダーはテンプルが、悔い改めた貞淑な妻ならば当然手紙を燃やすべきだったのに、そうはしなかった点を評価している（Zender 286）。

（6）島貫「新しい時代」一三四、Miller, *Lost Mansions of Mississippi* 78-81 参照。National Register of Historic Places (https://npgallery.nps.gov/NRHP/) より US Post Office, Old-Ripley 検索でも経緯を確認できる。

（7）Beckham 321. また、のちにミシシッピ大学付属美術館となったメアリー・ブイェ美術館（Mary Buie Museum）は、アーティストかつコレクターでもあったメアリー・ブイェが資金を出して、故郷オクスフォードに建てるよう遺言したものだが、ＷＰＡの連邦芸術計画（Federal Art Project）はそれがコミュニティ・アート・センター（ミシシッピ州で二つあるうちの一つ）として機能するように基金を援助した（Black 188-89）。その結果、近隣の町の郵便局に壁画が飾られたのと同じ一九三九年、ミシシッピ州オクスフォードに美術館は完成した。

（8）ベッカムに加え、マーリングも郵便局に掲げるべき壁画を巡る連邦政府と壁画画家、そしてアメリカ市民の間の確執を強調する（Marling 8）。一九三〇年代芸術の公共目的化と個人主義の対立については、サーレイ（Szalay）も参照。

（9）ファリスは『ミシシッピ・エンサイクロペディア』ネット版で、ジョンの父エドワードについても記している（Farris, "John McCrady"）。またジョン・マクレディに絵画を学び、友人ともなったジャンヌ・ドゥ・ラ・ウーセーは、ジョンの父が、フォークナーと再婚するエステルが聖ピーターズ教会で挙式することを許さなかったと述べている（Houssaye 139）。

（10）一九四九年一月、カウリーが『ライフ』誌にフォークナーの特集記事を載せることについて打診したとき、フォークナーは強い拒否反応を示している（*FB* 1275-76）。

（11）Schwartz 58-60. またフォークナーは一九五三年、サックス・コミンズの問い合わせに対し、同じニュー・アメリカン・ライブラリーがこの二つの物語を、交互に語るのでなく、個別の物語として二つ抱き合わせで出版することにも同意している（*SL* 352）。

（12）ヴィクター・ウェイブライトは、フォークナーのペーパーバック版を出版する許可を求めてサーフと交渉して成功した。しかし最初はサーフのことを、競争相手であるバンタム・ブックスに肩入れしている油断のならない相手だ、と社内の手紙（一九四六年一〇月二一日）で述べて警戒している（ニューヨーク大学図書館、Fales Library and Special Collections 中の New American Library Archives, Call No. MSS070）。

（13）サーフにとってフォークナーは、ランダム・ハウスの文学的権威を保つために重要だったが、サーフの経営感覚の良さについては、サターフィールド（Satterfield）も参照。

（14）Tebbel 96-97, Madison 309. このポータブル・シリーズの発案者は当時、文芸批評家でラジオ・パーソナリティとしても活躍していたアレグザンダー・ウルコット（Alexander Woollcott）で、シリーズ第一作は彼がまとめたアンソロジーとなっている（Gardner 150-51）。ウルコットとフォークナーの関係については、ライアン（Tim A. Ryan）の論考参照。またガードナーは、『ポータブル・フォークナー』でのカウリーの意図を論じるとともに、ポータブル・シリーズにおけるヴァイキング社の考え方についても説明している。

（15）この民間交流計画と冷戦、フォークナーらアメリカ作家たちの関係については、ステコプロス（Stecopoulos）、ユン・シン・ウー（Yung-Hsing Wu）らが論じている。

第五章　『寓話』と越境

1．はじめに

1．1　『寓話』の可能性

一九五四年に出版されたフォークナーの『寓話』は、同年のピューリッツア賞こそ受賞し、批評も賛否両論あったが、フォークナー批評史においては壮大な失敗として黙殺されることが多かった(1)。第一次世界大戦中の戦場を舞台に、大勢の軍服姿の登場人物が入り乱れ、アレゴリカルな意味を強調するように見えてその狙いが不明確な物語は、抽象的で漠然としている。それはフォークナーが描いてきた生々しいアメリカ南部とは、全く異質に見える。しかしフォークナーには、いわゆるヨクナパトーファ・サーガのほかに、非ヨクナパトーファ系列の作品群も存在する。『寓話』批評でも、この小説に父と息子というフォークナーにとって必須のテーマを読むジョン・T・アーウィンや、ヨクナパトーファ郡小説の外典、黙示録的社会批判としての意味を認めるジョーゼフ・アーゴーがいる（Irwin, *Doubling*, Urgo, *Faulkner's*）。また女性登場人物はマイナーな存在と見なされがちだったが、二十一世紀に入っては、ノエル・ポークがすでに指摘していた女性登場人物の重要性を、バーバラ・ラッドがジェンダー研究からさらに明らかにした（Ladd, *Resisting*）。リチャード・ゴドンも『寓話』について、人種、階級の面から独自の分析を行っている（Godden, chap.6, 7）。フォークナーのキャリアにおいてこの小説を無視することはできない。

本論は『寓話』の読みにくさを認めつつ、これを既成秩序の揺らぎを増幅させ、越境の意味とそれがもたらす危険と新たな可能性を探るテクストとして、再評価を試みる。グローバルなものへのフォークナーの関心は、ローカルなものへの執着とともに彼の前期作品から存在していた。戦争は彼にとって、世界、国家、地方というそれぞれ異なった立場から検討できるテーマだが、『寓話』では、国家に対抗する地方共同体の力は微々たるものである。世界戦争において国家の政策に異を唱えるのは、地縁血縁とは別のつながりを持つ個人の小集団となるが、それは組織的に脆弱で、その敗北は目に見えている。この小説では、国家も個人の理想主義も混沌とし、さらには言葉の意味も解体へと向かう。その中でフォークナーは、さまざまな混沌から何か新しいものが生まれる可能性を見ていたのか、テクストがそれを示唆しているのか、検証したい。

1．2　『寓話』出版に至るまで

『寓話』は、そのアイデアが生まれたのが一九四三年で、それから約一〇年余りの歳月を経てようやく完成に至った。一九四三年当時、自作が世間的に評価されず、深刻な経済的苦境に陥っていたフォークナーは、一九三二年以来断続的に行っていたハリウッドでの映画脚本執筆を続けざるをえなかった。『寓話』創作のもととなった、第一次世界大戦下におけるキリスト再臨というアイデアは、一九四三年夏、プロデューサーのウィリアム・A・バッカーと監督ヘンリー・ハサウェイが、独立系映画のシナリオをフォークナーに依頼する場で提案したものだといわれる（*FB* 1149-50）。この案は、映画としては結局実現しなかったが、フォークナーはそれをもとに短編を書き始めた。しかしハサウェイたちのための映画シナリオ概要をもとにした短編を、彼がワーナー・ブラザーズと交わした契約条件のもとで出版できるかどうかは、不透明な状況だった。またランダム・ハウス社はその頃、フォークナーの度重なる原稿料前借にも応じ、彼を経済的、精神的に支援していたが、それは彼にとって心の負担ともなる。金澤哲は『フォークナーの「寓話」──無名兵士の遺したもの』でこの間の事情を詳述し、フォークナーは、偉大な芸術家としての自分の才能を実証しなくてはならない、という多大な強迫観念のもとに『寓話』を書き始めたと述べる[2]。

しかし第二次世界大戦終結後、フォークナーの小説は、マルカム・カウリー編の『ポータブル・フォークナー』（1946）出版をひとつのきっかけに評価されるようになる。その頂点が一九四九年度ノーベル賞受賞であり（授与は一九五〇年）、文学的名声を手に入れたフォークナーは、ようやく深刻な経済的苦境からは脱出することができた。とはいえノーベル賞受賞を境に彼はアメリカ民主主義を代表する作家となり、多少なりとも政治やメディアに関わらざるをえなくなる。一九四八年出版の小説『墓地への侵入者』でフォークナーは、少年たちが殺人事件を解決する話に、南部の人種問題に関するさまざまな側面を織り込んだ。それは娯楽性に富んだ問題提起として、すぐさま原作の映画化につながった。一方『寓話』は、映画脚本のアイデアがもとでありながら、はるかに抽象的である。言語表現に関する作家自身の懐疑も深まっており、『寓話』はフォークナーにとって、書く意味を新たに検証する場となる。

2. 軍隊と群衆

2. 1　三つの戦争

南北戦争、第一次世界大戦、第二次世界大戦という三つの戦争において、フォークナーは参加するには生まれるのが遅すぎたか早すぎたかで、参戦の機会を逃している。彼の最初の小説『兵士の報酬』(1926)には、第一次世界大戦で致命傷を負って帰還する飛行士がいるが、大戦終結によって戦う機会を逃した若き士官候補生は、この瀕死のパイロットに羨望の眼差しを注ぐ。三番目に出版された小説『土にまみれた旗』(1929)では、第一次世界大戦から帰還したベイヤード・サートリスが、南北戦争に参加した先祖と彼を常に対比して語る大叔母ミス・ジェニーに悩まされる。『アブサロム、アブサロム！』(1936)のクエンティン・コンプソンは、南北戦争についてあまりに多く聞かされたため、自らが南部の亡霊に満ちた建物のように感じてしまう。一方、第二次世界大戦が勃発したとき、フォークナーは真珠湾攻撃に触発された短編を書き、軍隊入隊さえ試みたが、年齢から拒否されている。(3) フォークナーは第一次世界大戦時、英国空軍の訓練生となったが実戦に参加したことはない。しかし訓練地のカナダから故郷に戻った時、彼は着る資格のない将校の制服を身につけ、飛行訓練中の負傷というふれこみでしばらくの間、杖を持ち、脚を引きずって歩いていた。その後もフォークナーには、第一次大戦に参加したかのような誤解を生む言動が時々ある。戦争は彼にとって、単なる身振りとしてであっても自らに取り込まねばならない、アイデンティティに関わる問題であった。(4)

『征服されざる人びと』(1938)でフォークナーは登場人物に、「行動することができ、実行する人々と、行動できず、できないことにたいそう苦しんでそのことについて書く人々の間に」(*U* 474)存在する裂け目のことを考えさせている。勇敢に闘うことが男の名誉である南部に生まれたフォークナーにとって、実際に参戦した経験がなくて戦争について書くということは、言語で勝負する作家の存在証明に等しい重い課題であった。マイケル・グリムウッドは『寓話』執筆期のフォークナーの精神状態について、『行け、モーセ』以来フォークナーは、自らの作家としての能力のみならず文学、言語の力そのものに懐疑的になっていた、と考えている。彼は、『寓話』でフォークナーがますますその絶望を強めたと断じるが(Grimwood, "The Self-Parodic" 373-74)、それについては第四節で検討するとして、この長編小説で戦争をどのように書くかは、戦争体験のない――そしてノーベル文学賞を受賞した――作家にとって大きな挑戦であったことは間違いない。

2.2　個人と群衆と軍隊

それでもフォークナーは、行動の中心から疎外されたがゆえに、書くことと行動すること、南部人である自分のローカルな位置、さらに世界戦争となる中での国家と個人の関係について、より深く考えることができたのかもしれない。また群衆という、国家や地方社会と微妙な関係にある存在についても、作家はより注意を払うようになっている。もちろんこれまでも『八月の光』など、暴徒化する人びとの見事な描写はあった。しかし地方共同体や国家と安易に自らを同一視しつつ、その時々の感情に動かされる群衆という存在は、『寓話』では、規律に縛られた軍隊と同様に重要である。

『寓話』は第一次世界大戦の物語だが、そこで描かれる軍隊の階級性や規律のグロテスクさは、第二次世界大戦とそれに続く冷戦時代にますます巨大化する組織の非人間性を反映する。登場する軍人たちは、わずかの例外を除いて、階級のみで呼ばれ、個人名も明かされない。一方、『寓話』で軍隊と対立するのは、伍長率いる十二人の首謀者である兵隊を除くと、主としてショーヌモンの住民である。住民たちは、伍長たちに賛同して反乱に加わった地元の兵士たちの身内で、兵士たちの処遇を心配している。しかしショーヌモンという町の個性はほとんど描写されない。さらに、情報が乏しいために右往左往する人びとは、順法精神に則って行動する住民というより、予測不能な群衆に近い。多数の無名性という点で群衆は軍隊に似ており、その突発的な行動は脅威である。しかし彼らは結局、組織化されている軍隊によって制御され、体制側を根本から揺るがす要素とはならない。

フォークナーは『征服されざる人びと』で、南北戦争中に南部から脱出しようとする黒人群衆に、流動する巨大なエネルギーをみた。少年主人公ベイヤードは、故郷を捨てた大勢の黒人たちが川を前にして、騎兵隊の制止を無視して力尽くで前進を続けるのに巻き込まれ、身の危険を感じる。しかし彼は南部社会秩序の崩壊とともに、黒人たちの自由への渇望もわずかに察している（*U* 391）。一方『墓地への侵入者』(1948)では、白人男性殺害容疑で収監中の黒人被疑者に対し、人びとがリンチをしかねない状態が続く。それでも牢屋の前には白人女性が二人、縫い物をしながら陣取って、緊迫した空気を押しとどめている(*ID* 388)。このように人種や性別、年齢は違っても、一人の少年が黒人群衆の想いを現場で実感したり、武器を持たぬ女性が日常性を強調し、法を守る意思を態度で表明して、不特定多数の白人集団にメッセージを伝えられることはある。

しかし『寓話』では、群衆化したショーヌモンの人びとに対峙するのは個人ではなく、軍隊という、国家によって組織化された集団である。『寓話』冒頭、身内の処遇を心配して集まった多数の人びとのうねりは、予測不能の力を持つ。しかし彼らは、巨視的な視野の中で物理現象のように抽象化され、最終的には軍隊に制圧される。一方この小説最後、大将軍の国葬に抗議する伝令兵を襲撃する群衆は、自分たちを国家と同定する。国家の栄光を傷つけた、として一人の人間に襲いかかる群衆の暴力は、容赦がない。その中で、最後に伝令兵を抱き起こす主計総監が一人いることは、わずかな救いとなる。

ジェファソンという南部田舎町に集約された人種差別も、一人で立ち向かうには勇気がいるが、世界規模の戦争の非人間性は圧倒的で、個人には抵抗するすべもなさそうに見える。伍長らの反乱は鎮圧され、フランス政府に抗議する伝令兵は襲われる。確かに『寓話』でも、アメリカ南部で馬丁ハリーとその補佐役サターフィールドが三本脚の競走馬を走らせて勝つ話は愉快である。それは馬の所有者である大富豪や国家の法制度に対する、トール・テール的な反逆のエピソードとなり、町の人びとも読者も、その鮮やかな手口を楽しむ余裕がある。しかしそのエピソードで中心人物だったハリーも、彼と行動を共にしていたサターフィールドも、戦場では塹壕から出て一斉砲火を浴びる。世界戦争の非人間性に対抗する地方のほら話や個人の力は、伝令兵を介抱する主計総監の涙同様、限定的である。

以下、『寓話』とフォークナーのキャリア前期に発表された短編集『これら十三篇』との共通項を皮切りに、この長編大作にみられる個人と国家の緊張関係や、帝国主義と人種について考察する。『寓話』は国家組織や軍隊の階級制、規律を強調する一方、この境界区分が流動、もしくは崩壊する兆候も明らかにする。『寓話』で、個人に対する軍隊や国家体制の締め付けが極限に達しているのは事実だが、群衆の無節操で混沌としたエネルギーも散発的に見られる。またフォークナーはこのテクストで、似た音を持つ言葉どうしの紛らわしさや偶然の隣接性を一つのてこに、言葉の既成の意味の乗り越えを試みる。もちろん個々の単語の境界を乗り越えたからといって、それが直ちに専制的な父権制社会の有意な破壊、または克服を保証するわけではない。それはむしろ、無秩序な群衆が社会を混乱させるように、言葉の意味や人びとが当然視している前提、共有する価値観の崩壊、さらには小説というジャンルの解体を引き起こすかもしれない。自らのノーベル賞受賞演説も批判的に取り入れたフォークナーの戦争小説には、個人と群衆、軍隊、国家の関係ばかりでなく、創作の意義も同時に問い直す作者の覚悟がある。

3.『これら十三篇』の第一次世界大戦と『寓話』

3.1 「亀裂〈クレヴァス〉」のセネガル兵と「紅葉」の山師

フォークナーの『これら十三篇』は三部からなるが、その中で第一次世界大戦をテーマとする第一部は、四つの短編からなる。そのうち「勝利」と「亀裂〈クレヴァス〉」は、もともと一つの作品であったが、短編としては長すぎ、雑誌に売り込みにくいために二つに分けられたもので、主人公は同じ人物とみなしてよい。この二編の主人公アレック・グレイはスコットランド出身の志願兵で、英国陸軍に入隊する。「勝利」でグレイは勇敢に戦って将校となるが、戦後、浮浪者寸前のマッチ売りに落ちぶれても軍隊式に身だしなみを整えている。一方「亀裂〈クレヴァス〉」のグレイは、フランスで一部隊を率いて撤退中、突然大地が陥没して地中に部隊ごと生き埋めになる。生き延びた十四人が落ちた地下は石灰層の空洞だったが、そこで彼らは、一九一五年にここに退避して毒ガスにやられた兵士たちの白骨死体に遭遇する。それはフランスの植民地セネガル出身の黒人兵たちだった。「勝利」で、戦後も昔の連隊の擦り切れたスカーフを身につけ、みすぼらしいが軍人然としたグレイと、「亀裂〈クレヴァス〉」でズアブズボンの制服を着たまま朽ち果てたセネガル兵の姿は、二重写しになる。グレイは白人だが、軍隊式階級社会の一歯車となったマイノリティでもある。

フランスと搾取される植民地の黒人の関係は、『これら十三篇』第二部の「紅葉」で、インディアンに黒人奴隷売買を教えるフランス人の場合にもみられる。この短編では冒頭で、ニューオーリンズへ行ったチカソー部族の野心家イケモタビー（ドゥーム）が、シュヴァリエ・スール＝ブロンド・ド・ヴィトリというパリ育ちのフランス人との交遊をきっかけに奴隷を購入し、故郷に戻って酋長の座を奪う顚末が簡潔に記されている。ド・ヴィトリは、十八世紀末のルイジアナ地方の知事であったスペイン人カロンデレットや、スペインと通じてアメリカ合衆国を裏切ったと噂されたウィルキンソン将軍と親しかった、といわれる山師である（CS 318）。「紅葉」は、主にイケモタビーの息子イッシティベハー酋長時代の話で、イッシティベハーが死ぬとき、黒人奴隷が一緒に殉死しなければならなくなる。この黒人は、少年時代にギニアから大西洋の中間航路を経て奴隷として連れてこられたが、彼をそば仕えにしたイッシティベハー酋長は、存命中パリへ旅行したことがあり、そこでド・ヴィトリの歓待も受けていた。

フランス人ド・ヴィトリは、「紅葉」の黒人奴隷の殉死に直接責任はない。しかし彼が一八世紀末または一九世紀初めに、奴隷売買をイケモタビーに教えたのは明らかだ。フランスで彼がイッシティベハーをもてなしたのも、奴隷取引の縁があったからだ。一方『寓話』冒頭では、昔、ショーヌモンで多くの若者をかり集めて兵士にしたごろつきのことが、手短に紹介されている。ナポレオンの下で元帥にまで出世したこの男は、現在のショーヌモンの連隊の基を築いた。しかし貧民街から兵隊をかり集めたというのは、「紅葉」でインディアンに黒人奴隷の斡旋をして、ナポレオンと同時代人であったはずの山師ド・ヴィトリと大して変わりはない。そして『寓話』では、再びセネガル兵が登場する。

3．2　『寓話』のセネガル兵

しかしながら『寓話』のセネガル兵の立場は、「亀裂〈クレヴァス〉」の地下空洞で朽ち果てた姿とはかなり違っている。小説中のセネガル兵は、戦闘放棄を行ったフランス連隊を勾留した拘置所の警護にあたる。彼らは連隊兵の家族であるショーヌモンの住民たちが押し寄せる中、無表情に人々を見下ろしている。身内が死刑になるのではないかと恐れ、恐慌状態にある群衆に対し、セネガル兵は彼らの頭上の通路で「眠そうに侮蔑的な態度で機関銃の砲座のあいだを歩き、柵の内側で黙々と働く白人と、柵の外側で苦悩に沈む人々の頭上で煙草を吸い、彼らを見ようともせず、黒く太い親指で意味もなく銃剣の先をこすっていた」。[5]ここでのセネガル兵は犠牲者というより、軍の命令にそのまま従う機械の歯車に近い。彼らは戦争放棄を決意した兵士の心情や、その家族の心配、恐怖には無関心である。「銃剣の先」云々の記述は、この小説で、弾がこめられていないライフル銃を背負う伝令兵（*F* 726）や、ドイツ機を撃ち落そうとして実効のない曳光弾を撃たされたことに気づく若き飛行士レヴィンの屈辱に込められた性的なジョークを勘案すれば、謀反の罪で死刑になるかもしれないと恐怖する人々を前に、場違いな性的な意味が込められている。[6]戦争放棄という反乱の意味をまったく考える様子がないセネガル兵は、非人間的に見える。伍長が処刑されるとき、彼の周りに駆け寄る仲間の兵士を阻止するのもセネガル兵の役目である（*F* 1021）。

ただしセネガル兵は、「黒人に扮するアメリカのミンストレルショウの衣装を質屋から急いで集めてきたように、制服の品のないみすぼらしさにけばけばしい芝居じみた無頓着さをただよわせていた」（*F* 787）とあるように、その異質性が強調されている。植民地から集められたセネガル兵の服装は目立ち過ぎ、他のフランス軍兵士と交流する可能性はない。[7]逮捕された兵士たちを追い立てるセネガル兵は、軍上層部の命令に従っているだけで、彼ら自身、帝国主義的階級社会の中で孤立し、抑圧されている。『寓話』で反乱兵の監視に当たるセネガル兵は、「亀裂〈クレヴァス〉」の地下空洞で白骨化したセネガル兵たちを経ると、ヴァローモン地下埋葬所に無名戦士の遺体をとりに来た兵士たちが「地球の内臓に入っていくように」（*F* 1045）トンネルを下ってたどり着く、フランス軍兵士たちの腐敗した遺体にまで至る。

『これら十三篇』と『寓話』は、ナポレオンが活躍した時代にニューオーリンズやショーヌモンで人身取引にかかわった二人のフランス人や、地下の空洞に閉じ込められた兵士の死体によって、関連づけられる。そして第一次世界大戦のセネガル兵に代表されるマイノリティの犠牲者たちは、『これら十三篇』のヨクナパトーファ郡で、リンチによって殺され、ジェファソン郊外の廃炉の底に投げ込まれる「乾燥の九月」の黒人、ウィリー・メイズともかすかな糸でつながるだろう。メイズ殺害の首謀者マクレンドンは、第一次世界大戦時、フランスで軍功を立てた男である。

4. 混沌と化すテクスト

4. 1 名前の混乱

「紅葉」では、イッシティベハーの父イケモタビーが、ド・ヴィトリとの交際で自分の名前をドゥームに変える。彼はフランス人から*"du homme"*というフランス語で呼ばれ、それを英語化した"Doom"(運命)という名前に改名した。作品中で登場人物が名前を変えたり紛らわしい名前がいくつも出てくるのは、フォークナーの前期作品からの特徴であるが、「紅葉」では、フランス語を利用して新しい名前が作られる。これに近いことは『寓話』で、黒人であるトービー・サターフィールド牧師が行っている。ドゥームの場合、改名は、ネイティヴ・アメリカンが西洋文明に汚染されて堕落する運命を象徴するのかもしれない。しかしイケモタビーは元々野心家であったし、彼にとって改名は、西洋文明も必要なものは取り入れて自らの欲望を実現する、という意志の表明ともいえる。ではサターフィールド牧師の改名は何か意味があるだろうか。

サターフィールドは『寓話』のなかでトゥーリーマンという名前も名乗る。それは彼が「全世界からのフランスの無数無名の友（レ・ザミ・ミリアード・エ・アノニーム・アラ・フランス・ド・トゥール・モンド）」（*F* 804）という、資産家の婦人が作った博愛団体を取り仕切っており、そのくどくどしい名前を簡略化した名前を使うほうがわかりやすいと思ったからだ。トゥー・ル・モンドからトゥーリーマンという英語の名前を作ったのである。彼は『寓話』のなかの挿話で、アメリカ南部を舞台にした競走馬の話にかかわっているが、そのときの首謀者で現在はイギリス軍の歩哨であるハリーという男を戦線に訪ねてくる。しかしハリーやサターフィールドは戦場で伝令兵に促され、伍長が始めた戦争放棄を継続させようとして死亡する。サターフィールドは、伝令兵に半ば強制されて塹壕から出るハリーにつきそう形で、ハリーとともに殉教者のように、しかし半ば成り行きで死亡する。

サターフィールドは、伝令兵が指摘するように本物の牧師ではない。またアメリカでハリーが三本脚の馬を競馬で走らせて得た賞金を、彼自身は受け取っていないというが、真偽のほどはわからない。サターフィールドは富豪のアメリカ人女性の信頼を得て博愛団体を取り仕切り、フランス政府関係者も一目置くほどの存在となっている。厳粛な風貌を持ったこの男が、深い叡智を持った崇高な博愛主義者なのか、それとも与えられた役になりきる役者なのか、はっきりしない(8)。しかし彼の役割とともに彼の安直な改名も、『寓話』特有のあいまい性を示している。短編「紅葉」のドゥームという改名は、傍系ながら酋長への野心をたぎらせるイケモタビーの意思を示すのにふさわしい。しかし、人々にわかりやすいからという理由で自分の名前をトゥーリーマンに変えるサターフィールドは、自分の人生や今の仕事についてどれだけ考えていたのか。博愛団体の「無数無名の友」という名前自体も漠然として群衆を思わせるが、「トゥー・ル・モンド」はトゥーリーマンに横滑りしてさらに曖昧化する。

またサターフィールドは、ハリーのことをミスター・ハリーと呼ぶつもりでなまって「ミステアリ」（*F* 805）と呼んでいる。ハリーは馬丁時代、走ることだけに喜びを見出していた馬に、存分競馬をさせてやる気概を持っていた。しかし追っ手が間近に迫って自ら馬を射殺した後は、アメリカを去ってヨーロッパ戦線に歩哨として参加し、兵隊たちに高利貸しをしている。フリー・メイソンでもあるハリーは平時と戦時でまったく違う人生を歩み、それぞれ競馬の賭けや高利貸しという独自の経済ルールを敷いて、世間を渡ってきた。その彼が、キリストを思わせる伍長が始めた戦争放棄を継続するという自己犠牲的な役割を負わされるのは、ミステリーには違いない。しかし、サターフィールド牧師が彼に呼びかける「ミステアリ」という名前が、口汚く人をののしってばかりいるハリーの神秘性を暗示するのか、それとも単に牧師の発音による元の名前の変形にすぎないのか、容易に判断がつかない。

固有名詞や名詞の発音の類似性、またはわずかな違いへの敏感な反応は、フォークナーの前期作品の『響きと怒り』でも見られる。小説の冒頭、白痴のベンジーはゴルファーたちが呼ぶ「キャディ」という声に、最愛の姉キャディの名を聞きつけてうめき声を上げる。またクエンティンは、妹キャディがドールトン・エイムズという男によって処女を失ったことを思い煩っているが、自殺決行の日、彼は一人さまよう中で、ドールトン・エイムズという名前を何度も繰り返しながらドールトン・シャツというシャツのブランド名に移行して行く。それぞれ別の概念を表す言葉の発音が似ていることで、異なった二つの概念も混同されるなら、世界は混沌と化すが、『寓話』はその極限状態である。

『響きと怒り』において、名前の音の近似性からそれらの言葉が指し示すもの同士の近似性へと傾斜していくクエンティンやベンジーは、それぞれ原因は異なるが、精神の危機にある。『響きと怒り』の最後、ベンジーにとってすべてのものがあるべきところに納まって秩序が回復したというのは、単に彼の乗った馬車が、郡庁舎をいつも通り、右回りしたからに過ぎない。物事が決められた順番で動くことは、ベンジーの混沌とした人生にささやかな平安をもたらす。それに対して『寓話』では、言葉と物の混乱が至る所で多すぎて、読者は混沌状態から抜けだせない。

さらに『寓話』では、改名でなくとも、一人の人物に対して与えられる名前が多様であるとか、もしくは一つの呼称が何人もの人物について使われることで、名前と人が混乱する。ハリーは、戦線では固有名詞は使われず、歩哨として言及される。しかし馬泥棒の話のときは馬丁と呼ばれることが多い。グラニョンは師団長だが、彼のほかに軍団長、軍司令官、さらには総軍司令官と呼ばれる通称ママ・ビデもいる。ステファン伍長の父、「老将軍」(old general) は「大将軍」(Generalissimo) ともいわれるが、ときには「老元帥」(old marshal) とも書かれる。またグラニョンも総軍司令官も大将軍も、部下から「閣下」(General) と呼びかけられるので、読者はそれが誰のことか混乱する。一方、伍長という呼称は軍隊内の単なる階級であり、主人公ステファン伍長ではない、別の伍長を指していることもある。また大将軍は、部下たちに誰彼かまわず「わが子よ」と呼びかける。そのため、彼が自分の本当の息子である伍長に「わが子よ」といっても、あまり感動がない。

このような呼称の混乱はフォークナーの他の作品にも見られる傾向ではある。『土にまみれた旗』ではジョン・サートリスだけでも一世、二世、三世といる。『行け、モーセ』でのマッキャスリン一族の名前の混乱についてはニ章で触れた。「彼」という代名詞が長々と続いてそれが誰を指すのかわかりにくい、というのも『寓話』だけの特徴ではない。しかし他の作品ではまだ、個々人の違い、独自性を認識し、区別しようとする読者の欲求が持続するのに対して、総軍司令官も大将軍も本名さえ明らかにされず、長い文章が続くなか、読者はしばしば混乱して、どれがどれでもよくなってくる。そしてある意味、ママ・ビデの下品で露悪的な表現による現実把握は、大将軍のストイックで洗練された現実把握と大筋であまり異なっていない。名前が与えられているグラニョン師団長だけはその生い立ち、殺される顛末が語られて一個の人間として認識可能だが、その他の指揮官たちは総じて軍隊の階級だけを示し、一大組織の構成員として存在する。

4．2　言語の混乱

ひとつのものはさまざまな言葉で呼ぶことができ、またひとつの言葉が多くのものを指す。言葉の記号性の浅薄さはそもそも『寓話』が、主にフランスを舞台として英語で描かれるからくりにも関係する。大将軍、伍長、グラニョンの話も、彼らと仲間の兵士の会話も、フランス語で行われているはずだが、当然フォークナーは英語で書く。イギリス軍のパイロットや伝令兵は英語で話すが、フランス語でなされているはずの会話とこれらの間に何の違いもない。ただフランス、ドイツ、イギリス、アメリカの将軍たちが一堂に会して話すときや、伍長とその仲間がフランス語以外でコミュニケーションをとるときに、外国語で話しているという説明が入るだけだ。フランス人が上手な英語を話したり、イギリス人が完璧なフランス語を話すと、その旨を述べた説明文が入るが、テクストの会話は英語である。『寓話』は英語の小説なので、外国人の会話も英語で表現されるのは当然ではある。しかし言語の虚構性は、『寓話』では暗黙の大前提である。

フォークナーは一九三二年以来ハリウッドの脚本書きに参加して、ヨーロッパが舞台のハリウッド映画で、フランス人やドイツ人の役であっても英語で話されるのに慣れていただろう。たとえば彼が共同脚本を書いた『永遠の戦場』(*The Road to Glory*, 1936)は、『木の十字架』(*Les Croix des Bois*)というフランス映画のリメイクである。[9] 大プロデューサー、ダリル・F・ザナックがこの映画を買い取った理由の一つは、原作の戦闘シーンをそのままリメイク版に利用することができる、という経済的なものであり、ハリウッド版ではフランス軍兵士もフランス将校である主役も、英語でしゃべる。原作のフランス映画を見て英語の脚本を考えた人間であれば、フランス人の会話を英語でする違和感はあるだろうが、ハリウッドでは当然のことである。同様に、『寓話』をアメリカ人作家がアメリカの読者に向けて書く以上、そのテクストは英語で通される。しかしフォークナーは、英語でフランス語会話を描き、登場人物が母語でない見事なフランス語でしゃべった、と断り書きを入れるとき、言語の度重なる遅延性のおかしさを意識していたであろう。

『これら十三篇』では、たとえば「勝利」で第一次世界大戦後フランスの古戦場を訪れたグレイに対し、宿の主人はフランス語でしゃべっている。フォークナーはフランスに滞在し、地方を旅行してもいたので、短いフランス語の会話を挟むことは不可能ではなかった。もちろん、長編小説をフランス語会話で満たすのは無理だが、前期の短編ではまだ本物らしさにこだわってフランス語を挟んだ作者は、『寓話』では英語以外で話された言葉を当然のごとく英語で表し、異言語間にある本来のずれを暗に暴露する。

グリムウッドは、『寓話』でのフォークナーは言語に対して不信感を抱き、絶望していたのではないか、と考えている。その証拠としては、フォークナーがノーベル賞受賞演説で述べた格調高い宣言、すなわち「人間はただ単に耐え忍ぶだけでなく、打ち克つでしょう」(*ESPL* 120)という文章が、ほぼそのまま、しかし異なった文脈で大将軍の演説に使われていることをあげる(Grimwood, "The Self-Parodic" 374)。大将軍は息子である伍長に向かい、戦場放棄を説くことをやめ、仲間を裏切って生きるほうを選べ、と誘惑する。厳しい現実の戦場を生き抜いてきた大将軍はそこで、人間が愚かで卑小で、将来の計画をたてずにはいられない懲りない忍耐力があるゆえに、生き延び、繁栄するだろうと、極めて冷徹な人間観を吐露している(*F* 994)。ノーベル賞受賞の場での演説を、このような皮肉な形で小説に用いるフォークナーは、確かに言葉に対する不信を抱いていたのかもしれない。

大将軍は、キリストに死刑を宣言して自分の責任を回避するポンテラ・ピラトのような冷淡な為政者なのか、それとも息子を愛しつつ、すべての状況を見通してやむなく死刑判決を出す偉大な指導者なのか、批評家の解釈は分かれている。上記の大将軍が息子に対して行う発言の意図も、必ずしも明確ではない。しかし人類が生き延びる意味については、『寓話』で何度か異なる文脈の中で議論されるが、そのたびに少しずつニュアンスが違う。フォークナーは自分の有名なスピーチに似たことを、登場人物たちにそれぞれ異なった立場から言わせ、自分の言ったことが本当に正しいのか、反芻し吟味しているかのようである。公的なスピーチと違い、小説中では自分の書いていることをさまざまな角度から検討し、揶揄し、批判できる。それは小説家の特権である。

4．3　登場人物の曖昧性

『寓話』で伍長は大将軍の誘惑を退けて処刑され、小説の最後では傷だらけながら生き残った伝令兵が、国葬で行進する大将軍の棺に向かって自らのフランスの戦功勲章を投げつける。ジョーゼフ・アーゴーのように、その勇気ある抵抗に大きな意義を見出すなら、『寓話』は国家権力や戦争に対する抗議を貫徹する話となる（Urgo 94-125）。フォークナー自身、『大学でのフォークナー』で、伝令兵を肯定的に評価する発言をしている（*FU* 62）。しかし伝令兵に時折みられる傍観者的態度や、翻って時にあまりに性急な理想主義的行動をみると、そのような肯定的解釈に疑問符をつけざるをえない。バーバラ・ラッドが指摘する伝令兵の非人間性は、当を得たものである（Ladd, *Resisting* 85-86）。そして彼が戦争放棄を継続させようと、ハリーたちに銃を持たずに塹壕から出るよう性急に迫った結果、彼らも敵側のドイツ兵も、ほぼ全員が味方の砲撃によって殺される。

登場人物について判断がつかなかったり、彼らに象徴性を付与するのがためらわれるのは、伍長すなわちキリスト、という、この小説の根本をなすはずの寓意でも生じる。たしかに、小説中で伍長がキリストであることを暗示する話には事欠かない。彼はクリスマス・イブに馬小屋で生まれた。十二人の弟子、聖書のカナの結婚を髣髴とさせる婚礼のエピソード、マリヤとマート、伍長の処刑が二人の囚人の処刑とともに行われたこと、彼の死体が倒れて有刺鉄線が頭に絡まり、茨の冠を思わせることなど、多くの話がキリストを指し示す。しかし、仲間とともに護送されてくるときのトラック上の伍長は、悲嘆にくれる群衆を冷静かつ落ち着き払って眺めており、神の子だからといえばそれまでだが、周囲から浮き上がっている。また伍長はステファンという名前で、キリストのほかに殉教者ステファノも連想させる一方、彼が激戦地モンで戦死した兵士であったとか、ヨーロッパ戦線へ向かう大西洋上で死亡したブルゼウスキーという兵士であったという将校たちの証言（*F* 923）もある。キリストが短期間に何度もよみがえっているということなのか、それとも同じ顔をしたコピーのような人間がほかにもいたということなのか、キリストの復活を連想させる話が途方もない冗談にもなりうる。

また、ウォルター・スレイトフも指摘しているが、仲間の兵士の一人が死刑を恐れて取り乱したとき、伍長が彼を落ち着かせようとして「兵士たれ」（*F* 996）と命じるのも、戦争放棄を説くキリストの言葉としては少し違和感がある（Slatoff 229）。さらに、大将軍から自説を撤回して生き延びるよう説得された時、伍長はまだ自分の仲間がいる、といって断り、彼らの離反や裏切りに言及されても、「まだ一〇人います」（*F* 987）と抵抗する。彼は自分たちの小さなグループの企てが、次々と兵士たちの間で伝播して戦争放棄が広がることを期待したかもしれないが、それは将軍たちの結託もあって実現しない。伍長が戦争放棄を説く理想家肌の、しかしキリストではない普通の人間だと考えることも可能である。ノエル・ポークは、伍長の戦争回避は死の平穏を求めることになると批判的で、戦争をやりぬく大将軍の現実主義のほうを評価している。(10)

4.4 言葉の漂流が開く新たな地平

『寓話』は、キリストの寓話を示しているようでありながら、そこからずれていく。話の内容が何の寓意か、解釈がいくつか異なる寓話はありうるが、異なった解釈が錯綜して混沌にいたる話はもはや寓話ではない。言葉の指示とそこからのずれは、表題の後のフォークナーの謝辞にも実は暗示されているのではないか。タイトルページの後、フォークナーは、彼にこの小説を書かせる発端となったハリウッドのプロデューサーたちや、彼が作中に言及したエピソードが載っている出典の作者に対して謝辞を述べている。しかしキリストが戦場に現れたら、というアイデアからフォークナーが出発したとしても、『寓話』はキリストの寓話に収まらない両義性に満ちた話に移行している。さらに、謝辞を寄せられたもう一人、『彼方を見よ』(*Look Away: A Dixie Notebook*) で絞首刑になった男と鳥のエピソードを書いたというジェイムズ・ストリート (James Street) については、ロバート・W・ハムリンが、実際にはそのようなエピソードはストリートの著書には存在しないと指摘している (Hamblin 141-42)。ジェイムズ・ストリートのことは、フォークナーの単なる思い違いであったのかもしれない。ハムリンは、フォークナーの蔵書にストリートのこの本があり、フォークナーが『野性の棕櫚』(1939) やエッセイ「ミシシッピ」(1954) で、ストリートの著書からいくつかの話の種を得たふしがあると述べている。『寓話』執筆期間が長かったこと、出版前のフォークナーの多忙、疲労を考えれば、思い違いはありうる。一方、フォークナーは参照したかもしれない他の文献についての謝辞は述べていない。ジュリアン・スミスは、フォークナーが第一次世界大戦中のフランスを舞台としたハンフリー・コッブ (Humphrey Cobb) の小説 *Paths of Glory* (1935) に影響を受けたと考えているが (Julian Smith 395-97)、これについてフォークナーは言及していない。

　フォークナーは、作家というものは書くヒントを誰からでも盗むものだと述べており (*LG* 239)、通常、いちいち謝辞にあげたりしない。コッブの場合もその例かもしれないが、そのなかでわざわざ言及した書物のタイトルが、有名な「ディキシーランド」の歌詞の一部である『彼方を見よ』で、「目をそらせ」という意味にもなるのも気になる。もしフォークナーが、ストリートの作品に死刑囚と鳥のエピソードがあるかどうか実はあやふやだったとすれば、くだんのエピソードは出典から解放されて漂いだす。そもそもオリジナルなものは存在していたのか。英語で書かれるフランス人たちの会話も、師団長と軍団長、軍司令官と総軍司令官と大将軍の肩書も、そしてキリストをなぞるはずの話も、それが指すべきものから独立した言葉として浮遊し始める。言葉が指し示すはずの実体はあるのだろうか。マートが埋葬したはずの伍長の遺体は、爆弾の衝撃であっけなく飛び出して、紆余曲折ののち凱旋門にたどり着くが、その経緯はほら話的でもある。ステファン伍長の遺体は、この小説の他の遺体と比べて、また体半分だけ傷だらけ、という伝令兵の寓意的な身体と比べても、奇妙に軽い。

4．5　フェティッシュなテクスト

それでは『寓話』を書きあげたフォークナーは、言語に、文学に、また作家としての自分の使命に絶望していたのだろうか。キリストの受難と復活が歪曲され、人類の勝利を確信するフォークナー自身のノーベル賞受賞スピーチが、大将軍のシニカルな人間観に使われることは、言葉がその意味を直截に伝えることをフォークナーが信じていないということかもしれない。しかしもともとフォークナーは、前期作品から言葉を全面的に信頼していたわけではない。むしろフォークナーは『寓話』で、言語の浮遊性や遅延性に含まれる越境の可能性、新たな次元の獲得を、メトニミー（換喩）、すなわち隣接の力を中心に開拓しているのかもしれない。

『響きと怒り』や『死の床に横たわりて』のような前期作品では、キャディは木のにおいがするというベンジーや、鏡の中から走り去るキャディの姿、「僕の母ちゃんは魚だ」（*AILD* 84）と主張するヴァーダマンなどの印象が強く、フォークナーのテクストは隠喩が豊富で詩的な実験小説として記憶される。しかし『死の床に横たわりて』でヴァーダマンが母を魚だと言い張るのは、魚をキリストの象徴とするキリスト教伝来のイメージを暗示するとしても、その直接のきっかけは、この幼い少年が母の死の直前に大きな魚を捕らえて不器用にさばいたことである。つまり、ヴァーダマンの中では、母の死と、その直前に彼が魚を獲って切り刻んだことが近接していたために連想が起こった。このように、フォークナーの前期作品でも隠喩、メタファーだけでなく、隣接関係によるメトニミーというレトリックもよく使われていた。後期作品の『寓話』でも、ヘニッヒハウゼンが実証するようにメタファーは大きな位置を占めているが[11]、伝統的な文学的または神話的イメージの移動、変異も多く、すでに見たように、「ミスター・ハリー」が「ミステアリ」になるなど言葉の音の隣接関係による移行、変容も起こる。

ホミ・K・バーバは『文化の場所：ポストコロニアリズムの位相』でフェティッシュを論じる際、メタファー（隠喩）とメトニミー（換喩）がそれぞれ、存在すべき起源との一体化という幻想、およびその不在の認識であり、その両者がフェティッシュを形成する、と述べる（Bhabha 66-84）。J・T・マシューズはこのバーバのフェティッシュ論を応用して、西洋帝国主義諸国の西インド諸島植民地政策とアメリカ南部との関係についてフォークナーがどこまで認識していたか、「紅葉」や「カルカソンヌ」を中心に考察している（Matthews, "Recalling"）。それに対し『寓話』という後期作品で、フォークナーはメトニミーを多用することによって、根源的な存在はない、確固たる起源はない、ということをより明らかにしたのではないか。サターフィールドがトゥー・ル・モンドからトゥーリーマンを名乗り、キリストに擬せられる伍長が、すでに死亡した他の二人の兵士とそっくりというのも、起源の権威をずらして無効にするメトニミーとして働く。

『寓話』ではさらに、言葉ばかりでなく、ものそのものの移動、もしくは見かけの浮遊性が、作者の関心を強くひいている。この作品では群衆のイメージとして水の流動性がよく用いられるが、その際、動く流れの中で起立している物体が流れにまかせて漂流を始めるイメージも、しばしば使われる。小説の冒頭、ショーヌモンの住民を制御しようとする騎馬上の兵士たちは、群衆の前進に合わせてずるずると後退し、それが大洪水の濁流に運ばれていく軍人の彫像のように見える（*F* 671）。セネガル兵が連隊兵たちを追い立てる場面でも、連隊兵が動いていく中、背が高く派手な制服で「道化役の衣装を着せた木」のようなセネガル兵は、「運河のどんよりとした流れの上でこわばりながらまっすぐに立って動いているようだった」（*F* 873）。また、マリヤがガチョウたちにまつわりつかれながら中庭を横切って歩くとき、彼女はガチョウの群れに乗って運ばれていくように見える（*F* 1060）。あるものが周りの流動物の勢いで一緒に流される、またはそれ自身が動いていても周りに動かされて漂流しているように見える現象に、フォークナーは魅了されている。それは、発音されたフランス語が別の英語名に変化するように、言葉がそれを指し示すはずのものとは別なものへと移動し、それにつれて指示されていたものも漂流を始めることの動的イメージにもなる。

『寓話』には、絶対的真実はない。頼るべき起源は存在しない。しかしこの小説はまた、すべての言葉はそれが指示するはずの意味を超え、別の意味へつながる可能性もあるという点で、危険ではあるが開放的なメッセージにもなりうる。フォークナーは、長年苦しみ疲労困憊しながらこの小説を完成させた。ホミ・バーバの、メタファーとメトニミーという幻想と不在からなるフェティッシュ論を応用すれば、『響きと怒り』が作者にとって、接吻してずっと愛でていたい「エトルリアの壺」（*ESPL* 295-96）という幻想だったのとは違う意味で、『寓話』も不在を指し示すフェティッシュなテクストなのかもしれない。

5．喪の形

5．1　母による喪

『寓話』の最終部で、無名戦士の遺体を運ぶはずの十二人の兵士たちは、戦死した息子の遺体を捜す女性に酒代と引き換えに遺体を渡してしまう。この女性は、腐乱して身元もわからぬ遺体を息子だと言い張って連れ帰るのだが、その結果、兵士たちは死んだステファン伍長の遺体を偶然手に入れ、それを無名戦士として運ぶ。よって最後に大将軍が亡くなると、彼の遺体は無名戦士を代表することになったステファン伍長と同じ凱旋門に、国葬で埋葬される。息子の死で精神がおかしくなった母親が、直近に見た兵士の死体を息子にしてしまったのが発端で、正式に親子関係を公表することはなかった大将軍と伍長は隣接して葬られる。ここでは、理路整然とした原因結果でもなく、二つのものの間の隠喩を介した本質的な類似性でもなく、偶然のメトニミー的な動きが父と子を物理的に隣接させることになる。

この結末を、戦争についての正反対の見解が和解する兆しとは言えない。しかしこの偶然の事態が、息子の戦死を嘆き悲しんで気がふれ、正体不明の遺体でも息子だと信じて連れ帰る母親が発端となって生じることは、暗示的である。父と子が代表する国家秩序と個人、戦争と平和、不条理と正義、という対立解決の糸口が見つからない中で、一人の母親の情念は、少なくとも結果として父と子を同じ場所に納める。また、この凱旋門で大将軍の葬列に抗議した伝令兵は群衆から袋だたきに遭うが、そこで傷ついた彼を抱き起こすのは、大将軍の友人でもあった年老いた主計総監である。彼は、大将軍が伍長を処刑するのを止めることはできなかった。しかし伝令兵を抱きかかえて涙を流す彼の姿は、慈悲深い嘆きの聖母を連想させる。伝令兵の性急な理想主義は問題が多く、反乱をおこしたステファン伍長も、戦争停止に邁進して自分の妻や妹たちのことはあまり顧みないが、強大な父権制度に挑んで敗北する息子には、聖母マリア的な慈愛が必要なようだ。

確かに『寓話』の母親は、悲嘆のあまり突飛な行動に出ただけで、そこに飲んだくれた兵士たちの短慮が加わった結果、伍長の遺体が凱旋門にたどり着いた。同じ場所に正反対の意見を持つ父子が埋葬されるのは、偶然である。寓意が定まらず、わずかな音のずれによって言葉の意味が変わる、といった小説を書いた作者は、言語の伝達能力を信じていなかった、ということもできよう。しかし、マートが埋葬した家族墓地から伍長の遺体が飛び出して、ついには凱旋門に行き着いたように、言葉やものが意味の境界から解き放たれて漂流することで、新たな次元が開けるかもしれない。そしてそこには、間接的とはいえ、国家の犠牲となった肉親の死を嘆き、遺体を丁寧に葬りたいという女性の願いが関係している。『寓話』が人間性や世界のあり方について、読者に明確なメッセージを発することはない。だがフォークナーは、肉親の死を悼み、その喪の儀式を行う女性がいること、一人の兵士が戦争停止を唱えて賛同者を得、さらに体制社会の規制がほころび、言語も人々も流動し境界を超える可能性があることも示した。それは混沌の世界となるかもしれない。既存の意味や境界が崩壊し、敵兵同士がそれぞれの塹壕から有刺鉄線の隙間をぬって「地獄そのものからのように這いつくばって出て」(*F* 963)、銃剣も持たずに歩み寄れば、境界を死守する体制側からは無差別攻撃を受ける。しかしそこには、新たに人と人、人ともの と言葉が結びつく可能性も示される。

5．2　葬列の意味

フォークナーの作品にはしばしば、印象的な葬列が描かれるが、彼はいわば葬列形式ともいうべき語り口を、最初の小説から試みていた。『兵士の報酬』(1926) の主人公ドナルド・マーンは、第一次世界大戦で瀕死の重傷を負って帰郷する飛行士である。故郷に向かう彼の列車に乗り合わせた若き士官候補生ジュリアン・ローにとって、ドナルドは英雄であり、ほとんど意識の戻らぬドナルドが帰郷して死ぬまでの話は、葬列の旅に近い[12]。その間に彼の人生や周囲の人びととの関係が明らかになる展開は、『死の床に横たわりて』で、アディ・バンドレンの遺骸を町へ運ぶ家族の旅でも見られる。アディは死んだが、困難な旅を実行する登場人物たちの語りからその人生が強烈に浮かび上がり、町で行われたおざなりな埋葬よりも、町への旅が彼女の葬列となる。

しかし前期作品である『兵士の報酬』や『死の床に横たわりて』が、主に個人の生と死を扱うのに対して、『八月の光』、『行け、モーセ』そして『寓話』に見られる実際の葬列は、人種や戦争、国家権力といった社会問題と直結する。フォークナー作品で描かれる葬列は、『死の床に横たわりて』を除いて男性の死を弔う。『死の床に横たわりて』でアディは、家族に無視されがちだった自分の人生の重要性を主張した。一方、男性の葬列は、弔われるのが黒人の場合は、無残な死を遂げた死者を嘆く祖母が原動力となって行われる。

『八月の光』のハインズ夫人は、長年行方知れずになっていた孫ジョー・クリスマスを丁寧に弔いたい、という希望をギャヴィン・スティーヴンズに伝える。そこには彼の過酷な人生を慰め、また夫であるハインズ老人も挑発した彼のリンチに、密かに抗議したい気持ちもあっただろう。『行け、モーセ』のモリー・ビーチャムは、孫ブッチ・ビーチャムの死にはロス・エドモンズばかりでなく南部社会も責任がある、と認識している。彼女が主張する葬列は、若い黒人男性の刑死を町の人びとに広く知らせる役目を果たす。また『八月の光』でも『行け、モーセ』でも、死者の実の母親は、すでに死亡または行方不明である。祖母は、孫の死ばかりでなく、彼の若い母親の挫折、無念をも代弁する。『八月の光』のジョー・クリスマスに、実際に黒人の血が混じっていたかどうかは不明だが、これら黒人の葬列は、人種差別社会、さらに父権制社会への抗議を表明する。この二つの葬列を準備するのは、白人穏健派の代表ギャヴィン・スティーヴンズだが、葬式を通して社会に対してマイノリティの強い意志を示すのは、女性である。

それに対して『寓話』では、白人男性である大将軍の国葬がクライマックスに来る。[13] フォークナーの前期未完作品『父なるアブラハム』では、暗殺されたリンカーン大統領の国葬が、ホイットマンの詩『先ごろ前庭にライラックが咲いたとき』を介してほのめかされていた。理想の国父となったかも知れないリンカーンの葬列のイメージは、新南部経済に邁進していく『父なるアブラハム』の南部に、密かな疑問符を投げかける。その後フォークナーは第二次世界大戦中、ハリウッドでハワード・ホークスに依頼されて映画脚本『バトル・クライ』を執筆し、そこには「リンカーン・カンタータ」と呼ばれる、大統領の棺を乗せた汽車の旅もしばしば登場する。黒人兵と白人兵の友情も描かれるこの脚本は、全体として戦時中の露骨な人種融和、一致団結主義の宣伝という色彩が強い(14)。しかし『寓話』の大将軍の国葬は、群衆が国家の権威に自らを重ねて個人を足蹴にする点で、民主主義の理想崩壊を印象づける。

フォークナーの『寓話』は、父権制社会の専横と、母性的な慈愛の重要性と限界を描き、さらにすべてを混沌化する言語表現の可能性を暗示しつつ、戦争のむなしさを語る。作者がセネガル兵の存在や大将軍の国葬に込めた帝国主義社会批判も、明らかである。このあとフォークナーは、スノープス三部作として『町』(1957)、『館』(1959)を書き終え、彼が長年格闘してきた大きなテーマはほぼ完了する。そして最後の小説となった『自動車泥棒――ある回想』(1962)では、都会での冒険の旅を終えた少年主人公が、「ボス」である祖父がすべてをとり仕切るジェファソンの家に回帰していく。晩年のフォークナーは、ヨクナパトーファ物語を無垢と経験の予定調和的な夢物語で締めくくりたいという願望もあったのかもしれない。しかし『寓話』の混沌とした世界は、作家の黙示録的なメッセージとして屹立している。

注

（1）『寓話』が発表された当時の書評で、グランヴィル・ヒックスは『寓話』は力強くヒロイックである、と称賛している（Hicks, "Faulkner's"）。一方、モダニストとしてのフォークナーを称賛するヒュー・ケナーは、ジョイスの神話の用い方に比べ、『寓話』でのフォークナーの神話の使い方が機械的すぎると批判し、その文体にいたっては「言語的マスターベーション」（Kenner 47）と手厳しい。その後も、ニュー・クリティシズムの代表格のクリアンス・ブルックスは、この小説が概念的すぎると苦言を呈しているし（Brooks, *Toward*）、『寓話』出版時の書評でこの作品をこき下ろしたアーヴィング・ハウは、全体としてはフォークナーを評価する自身の研究書でも、人間は生き延びるというフォークナーの信念が、この作品で読者に納得できるような形では全く提示されていない、と否定的である（Howe, *William*）。

（2）金澤 九七。金澤は、フォークナーが、世間的には無名の自分とキリストになぞらえられる伍長を同一視し、無名戦士として葬られることで普遍性、偉大性を獲得する伍長の運命を芸術家と重ね合わせた、という解釈をしている（八五、八八）。

（3）フォークナーは、年齢の支障さえなければ自分も世界大戦に参加したいという希望や、戦争に行かないとずっと後悔するという感想を、マルカム・フランクリンへの手紙で述べている（*SL* 166）。一方、合衆国の黒人兵が戦場で戦っているのに、国内で黒人たちが人種差別により、集団で殺害された事件を憤る手紙もある（*SL* 175-76）。

（4）フォークナーの第一次世界大戦に対するこのような態度と彼の文学の関係については、カーティゲイナーの論考がある（Kartiganer, "So I"）。

（5）*F* 788.『寓話』の日本語訳は、富山房のフォークナー全集第二〇巻『寓話』の外山昇氏訳を使用させていただいている。

（6）『寓話』に潜む性的、スカトロジカルなイメージ、ユダヤ人への言及については、ゴドンの詳細な考察がある

(Godden, chap.6, 7)。

（7）ラッドは、『寓話』におけるセネガル兵の異質性に戦時下の国家体制を穿つ可能性を見て評価している（Ladd, *Resisting* 106-07)。

（8）『寓話』の登場人物が示す意味の両義性については、シュトロウマンの詳しい考察がある（Straumann, "An American"）。

（9）この映画の英語脚本はジョエル・セイヤー（Joel Sayre）との共著として出版されている。『木の十字架』のフォークナーへの影響については梅垣参照。

（10）Polk, "Enduring" 参照。ポークはほかでも、伍長が戦争に参加し、売春婦と結婚したのは、息子に指図したがる強い母親タイプの妹マートから逃れるためであったとして、伍長をフォークナーの登場人物によく見られる男性のタイプとして解釈している（Polk, *Children* 196-218）。

（11）ヘニッヒハウゼンは、『寓話』のメタファーが、聖書のタイポロジーと並行しながらその意味から逸脱してもいることを詳述し、この作品のメタファーが読者にとって難解なのは、知的思考と繊細な感覚の両方を駆使して理解すべき複雑なものとなっているからだと指摘している（Hönnighausen, "The Imagery"）。ヘニッヒハウゼンは二〇〇四年の論考で、この論をさらに展開している（"Imagining"）。

（12）『兵士の報酬』のドナルドの帰還とホイットマンの『先ごろ前庭にライラックが咲いたとき』の類似については拙著 "Funeral Processions in *As I Lay Dying* and *Go Down, Moses*"（186-89）を見られたし。

（13）フォークナー作品中で印象深い白人男性の葬列としては、『サンクチュアリ』のレッドの例もある。しかしメンフィス暗黒街を支配するポパイの配下で、彼の身代わりとしてテンプルと性交し、挙げ句の果てポパイによって殺された男の葬式は、茶番である。レッドの葬式では参列者が酔っ払い、遺体は棺から転がりだし、その葬列からは、参列者の車が次々と脱落していく。レッドの不謹慎な葬式は、フィッツジェラルドの『偉大なギャッツビー』で描かれる主人公の葬式のパロディとなる。ギャッツビーの葬式には父親とニック・キャラウェイしか参列せず、雨が降りしきる墓地にやっと「フクロウ眼鏡の」（*Gatsby* 183）男が駆けつけた。それでも雨にはT・

S・エリオットの『荒地』の水のイメージが連想され、再生への希望をかすかに抱かせる。しかしメンフィス歓楽街の人気者の葬式は、密造酒は振る舞われるが、もっとドライである。

(14) *Faulkner: A Comprehensive Guide to the Brodsky Collection, Vol. IV: Battle Cry: A Screenplay.*『バトル・クライ』執筆時のフォークナーの微妙な戦争観については、金澤「フォークナーの戦争観の変遷について」(『フォークナー』一七号、二〇一五年、二六–三〇)参照。

参考文献

Antonelli, Sara. "A Topsy-Turvy Novel: 'Coloring Gestures' in *Tender Is the Night*." *American Literary History* 32 (2020): 480-506.

Beckham, Sue Bridwell. *Depression Post Office Murals and Southern Culture: A Gentle Reconstruction*. Baton Rouge: Louisiana State UP, 1989.

Bhabha, Homi K. *The Location of Culture*. 2nd ed. Abingdon: Routledge, 2004.

Black, Patti Carr. *Art in Mississippi, 1720-1980*. Jackson: UP of Mississippi, 1998.

Blotner, Joseph. *Faulkner: A Biography*. (*FB*.) New York: Random, 1974.

Brooks, Cleanth. *William Faulkner: Toward Yoknapatawpha and Beyond*. (*Toward*.) New Haven: Yale UP, 1978.

———. *William Faulkner: The Yoknapatawpha Country*. (*Yokna*.) New Haven: Yale UP, 1966.

Burrows, Stuart. *A Familiar Strangeness: American Fiction and the Language of Photography, 1839-1945*. Athens: U of Georgia P, 2010.

Cerf, Bennett. *At Random: The Reminiscences of Bennett Cerf*. Intro. Christopher Cerf. New York: Random, 2002.

Cohen, Philip. "*Madame Bovary* and *Flags in the Dust*: Flaubert's Influence on Faulkner." *William Faulkner: Six Decades of Criticism*. Ed. Linda Wagner-Martin. East Lansing: Michigan State UP, 2002. 377-96.

Cowley, Malcom. *The Faulkner-Cowley File: Letters and Memories 1944-1962*. (*FCF*.) London: Chatto and Windus, 1966.

Davis, Thadious M. *Games of Property: Law, Race, Gender, and Faulkner's* Go Down, Moses. Durham: Duke UP, 2003.

Dimino, Andrea. "Why did the Snopes Name Their Son 'Wallstreet Panic'? Depression Humor in Faulkner's *The Hamlet*." *Studies in American Humor* 3 (1984): 155-72.

Donaldson, Susan V. "Contending Narratives: *Go Down, Moses* and the Short Story Cycle." *Faulkner and the Short Story: Faulkner and Yoknapatawpha, 1990*. Ed. Evans Harrington and Ann J. Abadie. Jackson: UP of Mississippi, 1992. 128-48.

Earle, David M. "Faulkner and the paperback trade." *William Faulkner in Context*. Ed. John Matthews. Cambridge: Cambridge UP, 2015. 231-45.

Farris, Teresa Parker. "John McCrady." *Mississippi Encyclopedia*. Center for the Study of Southern Culture, U. of Mississippi. 2017. Web. 4 May 2020. https://mississippiencyclopedia.org/entries/john-mccrady/

Faulkner, William. *Absalom, Absalom!*. (*AA*.) New York: Vintage, 1990.

———. "Appendix Compson: 1699-1945." ("AC.") *Novels 1926* 1125-41.

———. *As I Lay Dying*. (*AILD*.) New York: Vintage, 1990.

———. *Collected Stories of William Faulkner*. (*CS*.) New York: Vintage, 1995.

———. *Elmer*. Ed. Dianne L. Cox. *Mississippi Quarterly* 36 (1983): 337-460.

———. *Essays, Speeches & Public Letters*. (*ESPL*.) Ed. James B. Meriwether. Updated. New York: Modern Library, 2004.

———. *A Fable*. (*F*.) *Novels 1942* 665-1072.

———. *Father Abraham*. (*FA*.) Ed. James B. Meriwether. New York: Random, 1983.

———. *Faulkner: A Comprehensive Guide to the Brodsky Collection, Vol. IV: Battle Cry: A Screenplay*. Ed. Louis Daniel Brodsky and Robert W. Hamblin. Jackson: UP of Mississippi, 1985.

———. *Faulkner in the University: Class Conferences at the University of Virginia, 1957-1958*. (*FU*.) Ed. Frederick L. Gwynn and Joseph L. Blotner. Charlottesville: UP of Virginia, 1977.

———. *Flags in the Dust*. (*FD*.) *Novels 1926* 541-875.
———. *Go Down, Moses*. (*GDM*.) New York: Vintage, 1990.
———. *The Hamlet*. (*H*.) New York: Vintage, 1991.
———. *If I Forget Thee, Jerusalem [The Wild Palms]*. *Novels 1936* 493-726.
———. *Intruder in the Dust*. (*ID*.) *Novels 1942* 283-470.
———. *Knight's Gambit*. (*KG*.) New York: Vintage, 1978.
———. *Light in August*. *Novels 1930* 399-774.
———. "Lion." *US* 184-200.
———. *Lion in the Garden: Interviews with William Faulkner 1926-1962*. (*LG*.) Ed. James B. Meriwether & Michael Millgate. New York: Random, 1968.
———. *The Mansion*. *Novels 1957* 327-721.
———. *The Marble Faun and A Green Bough*. New York: Random, 1960.
———. *The Marionettes*. Charlottesville: UP of Virginia, 1977.
———. *Mayday*. Intro. Carvel Collins. Notre Dame: U of Notre Dame P, 1978.
———. *Mosquitoes*. (*MOS*.) New York: Liveright, 1997.
———. *New Orleans Sketches*. (*NOS*.) Ed. Carvel Collins. Jackson: UP of Mississippi, 2002.
———. *Novels 1926-1929: Soldiers' Pay; Mosquitoes; Flags in the Dust; The Sound and the Fury*. Ed. Joseph Blotner and Noel Polk. New York: Lib. of Amer., 2006.
———. *Novels 1930-1935: As I Lay Dying; Sanctuary; Light in August; Pylon*. Ed. Joseph Blotner and Noel Polk. New York: Lib. of Amer., 1985.
———. *Novels 1936-1940: Absalom, Absalom!; The Unvanquished; If I Forget Thee, Jerusalem [The Wild Palms]; The Hamlet*. Ed. Joseph Blotner and Noel Polk. New York: Lib. of Amer., 1990.

———. *Novels 1942-1954: Go Down Moses; Intruder in the Dust; Requiem for a Nun; A Fable*. Ed. Joseph Blotner and Noel Polk. New York: Lib. of Amer., 1994.

———. *Novels 1957-1962: The Town; The Mansion; The Reivers*. Ed. Joseph Blotner and Noel Polk. New York: Lib. of Amer., 1999.

———. "The Old People." *US* 201-12.

———. *The Portable Faulkner: Revised and Expanded Edition*. (*PF.*) Ed. Malcolm Cowley. New York: Penguin, 1977.

———. *Pylon*. (*P.*) New York: Vintage, 1985.

———. *The Reivers: A Reminiscence*. *Novels 1957* 723-971.

———. *Requiem for a Nun*. (*RN.*) *Novels 1942* 471-664.

———. "Retreat." *US* 17-36.

———. *The Road to Glory [Wooden Crosses]: A Screenplay by Joel Sayre and William Faulkner*. Ed. Stephen W. Smith. Carbondale: Southern Illinois UP, 1981.

———. *Sanctuary*. (*S.*) New York: Vintage, 1985.

———. *Selected Letters of William Faulkner*. (*SL.*) Ed. Joseph Blotner. New York: Vintage, 1978.

———. *Soldiers' Pay*. *Novels 1926* 1-256.

———. *The Sound and the Fury*. (*SF.*) New York: Random, 1984.

———. *These Thirteen*. *The Collected Short Stories of William Faulkner*. Vol. 2. London: Chatto & Windus, 1963.

———. *The Town*. (*T.*) *Novels 1957* 1-326.

———. *Uncollected Stories of William Faulkner*. (*US.*) Ed. Joseph Blotner. New York: Random, 1979.

———. *The Unvanquished*. (*U.*) *Novels 1936* 317-492.

———. "Vendée." *US* 97-117.

———. *William Faulkner: Early Prose and Poetry*. (*EPP.*) Intro. Carvel Collins. Boston: Little, Brown and Company, 1962.

———. *William Faulkner Manuscripts 16 Vol. I.* Go Down, Moses. *Typescripts and Miscellaneous Typescript Pages*. Ed. Thomas L. McHaney. New York: Garland, 1987.

Fitzgerald, F. Scott. *Correspondence of F. Scott Fitzgerald*. Ed. Matthew J. Bruccoli and Margaret M. Duggan. New York: Random, 1980.

———. *The Crack-Up*. Ed. Edmund Wilson. New York: New Directions, 1956.

———. *The Great Gatsby*. New York: Macmillan, 1992.

———. "May Day." *The Short Stories of F. Scott Fitzgerald*. Ed. Matthew J. Bruccoli. London: Abacus, 1992. 97-141.

———. *Tender Is the Night*. (*TN*.) New York: Charles Scribner's Sons, 1934.

Fowler, Doreen. *Faulkner: The Return of the Repressed.* Charlottesville: UP of Virginia, 1997.

Fujihira, Ikuko, Noel Polk, and Hisao Tanaka, eds. *History and Memory in Faulkner's Novels*. Tokyo: Shohakusha, 2005.

Gardner, Sarah E. "Mr. Cowley's Southern Saga." *Faulkner and History: Faulkner and Yoknapatawpha, 2014*. Ed. Jay Watson and James G. Thomas, Jr. Jackson: UP of Mississippi, 2017. 148-57.

Glissant, Edouard. *Faulkner, Mississippi*. Trans. Barbara B. Lewis and Thomas C. Spear. Chicago: U of Chicago P, 2000.

Godden, Richard. *William Faulkner: An Economy of Complex Words*. Princeton: Princeton UP, 2007.

Gresset, Michel. "From Vignette to Vision: The 'Old, Fine Name of France' or Faulkner's 'Western Front' from 'Crevasse' to *A Fable*." *Faulkner: International Perspectives: Faulkner and Yoknapatawpha, 1982*. Ed. Doreen Fowler and Ann J. Abadie. Jackson: UP of Mississippi, 1984. 97-120.

Grimwood, Michael. *Heart in Conflict: Faulkner's Struggles with Vocation*. Athens: U of Georgia P, 1987.

———. "The Self-Parodic Context of Faulkner's Nobel Prize Speech." *The Southern Review* 40 (1979): 366-75.

Hamblin, Robert W. "James Street's *Look Away!*: Source (And Non-Source) for William Faulkner." *American Notes and Queries* 21 (1983): 141-42.

Hench, John. B. *Books As Weapons: Propaganda, Publishing, and the Battle for Global Markets in the Era of World War II*.

Ithaca: Cornell UP, 2010.

Hicks, Granville. "Faulkner's Fable Is Powerful, Heroic (*New York Post*, August 1, 1954, p.12)." *William Faulkner: The Contemporary Reviews*. Ed. M. Thomas Inge. Cambridge: Cambridge UP, 1995. 374-77.

Holmes, Catherine D. *Annotations to William Faulkner's* The Hamlet. New York : Garland, 1996.

Hönnighausen, Lothar. "The Imagery in Faulkner's *A Fable*." *Faulkner: After the Nobel Prize*. Ed. Michel Gresset & Kenzaburo Ohashi. Kyoto: Yamaguchi Publishing House, 1987. 147-71.

———. "Imagining the Abstract: Faulkner's Treatment of War and Values in *A Fable*." *Faulkner and War: Faulkner and Yoknapatawpha, 2001*. Ed. Noel Polk and Ann J. Abadie. Jackson: UP of Mississippi, 2004. 120-37.

———. *William Faulkner: The Art of Stylization in His Early Graphic and Literary Work*. Cambridge: Cambridge UP, 1987.

Houssaye, Jeanne De La. "McCrady's La-Fay-ette County." *Faulkner and the Ecology of the South: Faulkner and Yoknapatawpha 2003*. Ed. Joseph R. Urgo and Ann J. Abadie. Jackson: UP of Mississippi, 2005. 133-52.

Howe, Irving. *William Faulkner: A Critical Study*. New York: Vintage, 1962.

Inge, Thomas M. "Fitzgerald, Faulkner, and Little Lord Fauntleroy." *Journal of American Culture* 26 (2003): 432-38.

Irwin, John T. *Doubling & Incest/Repetition and Revenge: A Speculative Reading of Faulkner*. Baltimore: Johns Hopkins UP, 1975.

Kartiganer, Donald M. "'So I, Who Had Never Had a War…' : William Faulkner, War, and the Modern Imagination." *Modern Fiction Studies* 44 (1998): 619-45.

Kazin, Alfred. "William Faulkner: The Stillness of *Light in August*." *Contemporaries: From the 19th Century to the Present*. The New and Revised Edition. New York: Horizon Press, 1982. 136-56.

Kennedy, J. Gerald. *Imagining Paris: Exile, Writing, and American Identity*. New Haven: Yale UP, 1993.

Kenner, Hugh. "Review of *A Fable* by William Faulkner." *Shenandoah* 6 (1955): 44-50.

Kinney, Arthur F. *Faulkner's Narrative Poetics: Style As Vision*. Amherst: U of Massachusetts P, 1978.

Ladd, Barbara. *Nationalism and the Color Line in George W. Cable, Mark Twain, and William Faulkner*. Baton Rouge: Louisiana State UP, 1996.

———. "'Philosophers and Other Gynecologists': Women and the Polity in *Requiem for a Nun*." *Mississippi Quarterly* 52 (1999): 483-501.

———. *Resisting History: Gender, Modernity, and Authorship in William Faulkner, Zora Neale Hurston, and Eudora Welty*. Baton Rouge: Louisiana State UP, 2007.

Le Vot, André. *F. Scott Fitzgerald: A Biography*. Trans. William Byron. New York: Warner Books, 1983.

Madison, Charles A. *Book Publishing in America*. New York: McGraw-Hill, 1966.

Marling, Kara Ann. *Wall-to-Wall America: A Cultural History of Post-Office Murals in the Great Depression.* Minneapolis: U of Minnesota P, 1982.

Marutani, Atsushi. "The Clan of Orphans: Recognition of Contingency and the Destination of 'Truth' in *Go Down, Moses*." *Studies in English Literature*. English Number 55 (2014): 59-74.

Matthews, John T. *The Play of Faulkner's Language*. Ithaca: Cornell UP, 1982.

———. "Recalling the West Indies: From Yoknapatawpha to Haiti and Back." *American Literary History* 16 (2004): 238-62.

———. "Touching Race in *Go Down, Moses*." *New Essays on* Go Down, Moses. Ed. Linda Wagner-Martin. Cambridge: Cambridge UP, 1996. 21-47.

Mauss, Marcel. *Manuel d'ethnographie*. 1926. http://gaogoa.free.fr/HTML/Noeudrondlogie/Topologie/Pianoeuds/Textes/manuel_ethnographie.pdf#search=%27manuel+d%27ethnogrphie++mausse%27. Web. 15 July 2021.

McElvaine, Robert S., intro. *Mississippi: The WPA Guide to the Magnolia State*. Jackson: UP of Mississippi, 1988.

McHaney, Thomas L. "Faulkner Borrows from the Mississippi Guide." *Mississippi Quarterly* 19 (1966): 116-20.

Michaels, Walter Benn. *Our America: Nativism, Modernism, and Pluralism*. Durham: Duke UP, 1995.

Miller, Mary Carol. *Lost Mansions of Mississippi.* Jackson: UP of Mississippi, 1996.

Millgate, Michael. *The Achievement of William Faulkner*. New York: Vintage, 1971.

Moreland, Richard C. *Faulkner and Modernism: Rereading and Rewriting*. Madison: U of Wisconsin P, 1990.

Moulinoux, Nicole. "The French Architect as *lieu de mémoire*: The Circulation of the Memory of French History in 'Evangeline,' *Absalom, Absalom!* and *Requiem for a Nun*." Fujihira, Polk, and Hisao Tanaka 203-22.

Ohashi, Kenzaburo. "Creating Through Repetition or Self-Parody." *Faulkner Studies in Japan*. Compiled by Kenzaburo Ohashi & Kiyokuni Ono. Ed. Thomas L. McHaney. Athens: U of Georgia P, 1985. 15-27.

Owada, Eiko. *Faulkner, Haiti, and Questions of Imperialism*. Tokyo: Sairyusha, 2002.

———. "History and Memory in Faulkner's 'Carcassonne' and 'Black Music.'" Fujihira, Polk, and Hisao Tanaka 122-40.

Polk, Noel. *Children of the Dark House: Text and Context in Faulkner*. Jackson: UP of Mississippi, 1996.

———. "Enduring *A Fable* and Prevailing." *Faulkner: After the Nobel Prize*. Ed. Michel Gresset & Kenzaburo Ohashi. Kyoto: Yamaguchi Publishing House, 1987. 110-25.

———. *Faulkner's* Requiem for a Nun: *A Critical Study*. Bloomington: Indiana UP, 1981.

———. "William Faulkner's 'Carcassonne.'" *Studies in American Fiction* 12 (1984): 29-43.

Porter, Carolyn. "Faulkner's Grim Sires." *Faulkner at 100: Retrospect and Prospect: Faulkner and Yoknapatawpha 1997*. Ed. Donald M. Kartiganer and Ann J. Abadie. Jackson: UP of Mississippi, 2000. 120-31.

Reames, Kelly Lynch. "'All That Matters Is That I Wrote the Letters': Discourse, Discipline, and Difference in *Requiem for a Nun*." *William Faulkner: Six Decades of Criticism*. Ed. Linda Wagner-Martin. East Lansing: Michigan State UP, 2002. 127-52.

Roberts, Diane. *Faulkner and Southern Womanhood*. Athens: U of Georgia P, 1994.

Ryan, Tim A. "Fabulous Monsters: Faulkner, Alexander Woollcott, and American Literary Culture." Watson, Harker, and Thomas, Jr. 61-76.

Sartre, Jean-Paul. "Time in Faulkner: *The Sound and the Fury*." *William Faulkner: Three Decades of Criticism*. Ed. Frederick J.

Hoffman and Olga W. Vickery. East Lansing: Michigan State UP, 1960. 225-32.

Satterfield, Jay. "Building the Brand: Faulkner at Random." Watson, Harker, and Thomas, Jr. 92-107.

Schwartz, Barry. *Abraham Lincoln and the Forge of National Memory*. Chicago : U of Chicago P, 2000.

Schwartz, Lawrence H. *Creating Faulkner's Reputation: The Politics of Modern Literary Criticism.* Knoxville: U of Tennessee P, 1990.

Singal, Daniel J. *William Faulkner: The Making of a Modernist*. Chapel Hill: U of North Carolina P, 1997.

Slatoff, Walter. *Quest for Failure: A Study of William Faulkner*. Ithaca: Cornell UP, 1960. Westport: Greenwood P, 1972.

Smith, Julian. "A Source of Faulkner's *A Fable*." *American Literature* 40 (1968): 394-97.

Smith, Meredith. "A Chronology of *Go Down, Moses*." *Mississippi Quarterly* 36 (1983): 319-28.

Snead, James A. *Figures of Division: William Faulkner's Major Novels*. New York: Methuen, 1986.

Stecopoulos, Harilaos. "William Faulkner and the Problem of Cold War Modernism." *Faulkner's Geographies: Faulkner and Yoknapatawpha, 2011*. Ed. Jay Watson and Ann J. Abadie. Jackson: UP of Mississippi, 2015. 141-60.

Straumann, Heinrich. "An American Interpretation of Existence: Faulkner's *A Fable*." *William Faulkner: Four Decades of Criticism*. Ed. Linda Welshimer Wagner. East Lansing: Michigan State UP, 1973. 335-57.

Sundquist, Eric J. *Faulkner: The House Divided*. Baltimore: Johns Hopkins UP, 1983.

Szalay, Michael. *New Deal Modernism: American Literature and the Invention of the Welfare State*. Durham: Duke UP, 2000.

Tanaka, Takako. "Funeral Processions in *As I Lay Dying* and *Go Down, Moses*." Fujihira, Polk and Hisao Tanaka 185-202.

———. "The Global/Local Nexus of Patriarchy: Japanese Writers Encounter Faulkner." *Global Faulkner: Faulkner and Yoknapatawpha, 2006*. Ed. Annette Trefzer and Ann J. Abadie. Jackson: UP of Mississippi, 2009. 116-34.

Taylor, Nancy Dew. *Annotations to William Faulkner's* Go Down, Moses. New York: Garland, 1994.

Tebbel, John. *A History of Book Publishing in the United States*. Vol. 4. New York: R. R. Bowker, 1978.

Towner, Theresa M. and James B. Carothers. *Reading Faulkner:* Collected Stories*: Glossary and Commentary*. Jackson: UP of

Mississippi, 2006.

Trilling, Lionel. "The McCaslins of Mississippi." *William Faulkner: Critical Assessments*. Vol. 3. Ed. Henry Claridge. East Sussex: Helm Information, 1999. 647-49.

Turnbull, Andrew, ed. *The Letters of F. Scott Fitzgerald*. London: Bodley Head, 1963.

Urgo, Joseph R. *Faulkner's Apocrypha:* A Fable, *Snopes, and the Spirit of Human Rebellion*. Jackson: UP of Mississippi, 1989.

Watson, Jay, Jaime Harker, and James G. Thomas, Jr., eds. *Faulkner and Print Culture: Faulkner and Yoknapatawpha, 2015*. Jackson: UP of Mississippi, 2017.

Weinstein, Philip M. *Faulkner's Subject: A Cosmos No One Owns*. Cambridge: Cambridge UP, 1992.

Whitman, Walt. *Leaves of Grass*. Ed. Sculley Bradley and Harold W. Blodgett. New York: W. W. Norton, 1973.

Williamson, Joel. *William Faulkner and Southern History*. New York: Oxford UP, 1993.

Wu, Yung-Hsing. "Middlebrow Patriotism, Neighborly Reading." Watson, Harker, and Thomas, Jr. 175-88.

Zender, Karl F. "*Requiem for a Nun* and the Uses of Imagination." *Faulkner and Race: Faulkner and Yoknapatawpha, 1986*. Ed. Doreen Fowler and Ann J. Abadie. Jackson: UP of Mississippi, 1987. 272-96.

梅垣昌子「フォークナーの十字架――『永遠の戦場』への出兵と帰還」『Albion』復刊五七（二〇一〇）、七三–九二頁。

大串尚代「小公子エティエンヌ――『アブサロム、アブサロム！』における娘の選択」『フォークナー』一八（二〇一六）、六二–七七頁。

大地真介『フォークナーのヨクナパトーファ小説――人種・階級・ジェンダーの境界のゆらぎ』彩流社、二〇一七年。

尾崎俊介　『紙表紙の誘惑――アメリカン・ペーパーバック・ラビリンス』研究社、二〇〇二年。

金澤哲『フォークナーの「寓話」――無名兵士の遺したもの』あぽろん社、二〇〇七年。

――　「フォークナーの戦争観の変遷について」『フォークナー』一七（二〇一五）、一三–三二頁。

亀井高考、三上次男、林健太郎、堀米庸三編『世界史年表・地図』吉川弘文館、二〇〇一年。

グレイヴズ、ロバート『ギリシャ神話』高杉一郎訳、紀伊國屋、一九九八年。

島貫香代子「新しい時代の到来と幻滅――『行け、モーセ』におけるバンガロー表象」『フォークナー』一九(二〇一七)、一一九–三六頁。

――「「ヴァビーナの香り」の追加――『征服されざる人々』における登場人物と作者の成長」『精読という迷宮――アメリカ文学のメタリーディング』吉田恭子・竹井智子編、松籟社、二〇一九年、八一–一〇八頁。

諏訪部浩一「"There Is No Such Thing as Was"――"Was" と Isaac *Beauchamp* McCaslin」『英文学研究』八二(二〇〇五)、七七–九一頁。

――『ウィリアム・フォークナーの詩学 1930-1936』松柏社、二〇〇八年。

田中敬子『フォークナーの前期作品研究――身体と言語』開文社、二〇〇二年。

日本ウィリアム・フォークナー協会編『フォークナー事典』松柏社、二〇〇七年。

バックル、リチャード『ディアギレフ――ロシア・バレエ団とその時代』(下)鈴木晶訳、リブロポート、一九八四年。

フォークナー、ウィリアム『寓話』(『フォークナー全集』二〇)外山昇訳、冨山房、一九九七年。

――『響きと怒り』(上)(下)平石貴樹、新納卓也訳、岩波書店、二〇〇七年。

藤平育子『フォークナーのアメリカ幻想――「アブサロム、アブサロム!」の真実』研究社、二〇〇八年。

風呂本惇子編著『アメリカ文学とニューオーリンズ』鷹書房弓プレス、二〇〇一年。

ロックフェラー、デイヴィッド『ロックフェラー回顧録』楡井浩一訳、新潮社、二〇〇八年。

あとがき

二〇〇二年に自著『フォークナーの前期作品研究――身体と言語』（開文社出版）を出して二〇年が経った。その間、批評理論の変遷に伴って、フォークナー研究もさまざまな論点が展開され、新しい理論やそれを応用した作品解釈について多く考えさせられた。自分の研究生活も終盤にさしかかるなか、フォークナーについて考えてきたことを中、後期作品中心にできるだけ平易な言葉でまとめておきたい、と思ってこの本を出すことにした。内容は、それこそ二〇年前から考えてきたことも、かなり最近になって発見したこともあるが、読むのに骨が折れる彼の小説と格闘したわりには、書くことを楽しんだ気がする。フォークナーのテクストのインターテクスチュアリティは久しく言われていることだが、アメリカ南部と合衆国、世界の関係について、フォークナーがヨクナパトーファ物語を書きながら把握していったことを、少しでも明らかにできていれば、幸いである。

以下、本書執筆のもととなった初出論文、口頭発表について記しておく。これらは、元の原稿にかなり書き加えて原形をあまり留めないものも含め、いずれも全面的に加筆修正している。

第一章　「フォークナーのフランス――芸術、父権制、植民地」、島根國士、寺田元一編『国際文化学への招待――衝突する文化、共生する文化』、新評論、一九九九年、一七一-九〇頁。及び "Fitzgerald's *Tender Is the Night*: Body, Copy, and Art."『名古屋市立大学人文社会学部研究紀要』四号、一九九八年、一-一二頁。

第二章　「二人のアイク――フォークナーの『村』と『行け、モーセ』より」、アメリカ文学会中部支部大会（愛知大学　名古屋キャンパス）、口頭発表、二〇一六年四月二三日。

第三章　「*Go Down, Moses* のねじれについて」、関西フォークナー研究会二〇一八年度三月例会（関西学院大学　大阪梅田キャンパス）、口頭発表、二〇一九年三月二三日。

第四章　「フォークナー晩年の記憶の形――『尼僧への鎮魂歌』」、『人間文化研究』一八号（名古屋市立大学大学院人間文化研究科）、二〇一二年一二月、一三五-四九頁。

第五章　「フォークナーの『寓話』と越境」、土屋勝彦編『反響する文学』、名古屋市立大学人間文化研究叢書創刊号、風媒社、二〇一一年、九〇-一二〇頁。

総じてフォークナーに振り回されてきた研究人生だったが、第一章でF・スコット・フィッツジェラルドとフォークナーを比較したのには、フィッツジェラルドへの思い入れもある。華やかなフィッツジェラルドはフォークナーと全く相容れないように見えるが、彼の繊細な感覚は、異人種に対しても大衆の欲望に対しても、敏感に反応する。同世代の二人は同じ頃フランスで、アメリカ合衆国がこの国と共通して抱える問題に気づいている。

フォークナーに専念するようになったのは、自分の不器用さのせいだが、そのおかげで多くの優れたフォークナー研究者に会うことができたのは、研究者冥利に尽きると考えている。日本では、フォークナー研究ばかりでなく第二次世界大戦後の日本におけるアメリカ文学研究の礎を築かれた大橋健三郎先生のお話を直接伺うことができたし、日本ウィリアム・フォークナー協会の先生方との刺激的な交流があった。また米国ミシシッピ州で毎夏開催される「フォークナーとヨクナパトーファ会議」や、日本ウィリアム・フォークナー協会主催で二〇〇四年、東京で行われた国際フォークナーシンポジウムを通して、ノエル・ポーク氏、ドナルド・カーティゲイナー氏、ジョン・T・マシューズ氏を初めとする多くの海外の研究者とも話す機会があった。フォークナーやアメリカ文学研究全般における彼らの知見を間近で吸収し、またその真摯な研究姿勢や誠実な人柄に触れることができたのは、貴重な体験であった。

この本の出版にあたり、松籟社の木村浩之氏には大変お世話になった。コロナ禍で大学も超多忙の中、松籟社への紹介の労を執ってくださった京都女子大学の金澤哲氏と、快く出版を引き受けていただき、貴重な助言をいただいた木村氏のお二人に、心より感謝申し上げる。

Covid19のパンデミックで、三年近くに及ぶさまざまな規制が断続的に続いている。加えて世界情勢は緊迫して予断を許さず、世界大戦と疫病を背景とするキャサリン・アン・ポーターの中編「蒼ざめた馬、蒼ざめた騎手」がより身近に感じられる。大国の理不尽な侵略が阻止され、疫禍が収束すること、そして国内外の人びとの自由な交流が復活し、より盛んになることを、切に願っている。

二〇二二年師走

田中敬子

マッキャスリン、シオフィラス（アンクル・バック） McCaslin, Theophilus (Uncle Buck) 82, 88, 94-95
マッキャスリン、ソフォンシバ・ビーチャム（シビー） McCaslin, Sophonsiba Beauchamp (Sibbey) 91, 97, 99
マッキャスリン、ルーシャス・クインタス・キャロザーズ McCaslin, Lucius Quintus Carothers 87-88
マニゴー、ナンシー Mannigoe, Nancy 11, 123, 125-126, 129-131, 139-142, 152
マリヤ Marya 173, 178
ミーク、メリッサ Meek, Melissa 127, 141
ミス・ジェニー（アーント・ジェニー） Miss Jenny (Aunt Jenny) 19, 25, 158
ミス・ローザ →コールドフィールド、ローザ
ミセス・リトルジョン Mrs. Littlejohn 70-71
メイズ、ウィル Mayes, Will 166

＜や～ら行＞

ユーニス Eunice 88
ライダー Rider 110-111, 121
ラトリフ、V・K（スーラット、V・K） Ratliff, V. K. (Suratt, V. K.) 67-71, 74-77, 81-82, 133
レッド Red 128-130, 185
老将軍（大将軍、老元帥） old general (Generalissimo, old marshal) 11, 43-44, 161, 169-170, 172-174, 176, 179-180, 182-183

ハッド・トゥー・ファーザーズ　→ファーザーズ、サム
ハリー（歩哨）　Mr. Harry (sentry)　161, 167-169, 173, 177
バンドレン、アディ　Bundren, Addie　20, 69, 181-182
バンドレン、ヴァーダマン　Bundren, Vardaman　177
ピート　Pete　129-130
ビーチャム、サミュエル・ワーシャム（ブッチ）　Beauchamp, Samuel Worsham (Butch)　96-98, 105, 110-113, 117, 182
ビーチャム、ジェイムズ・シュシーダス（テニーズ・ジム）　Beauchamp, James Thucydus (Tennie's Jim)　88, 98-99, 101, 116-117
ビーチャム、ソフォンシバ（シビー）　→マッキャスリン、ソフォンシバ・ビーチャム
ビーチャム、ソフォンシバ（フォンシバ）　Beauchamp, Sophonsiba (Fonsiba)　99
ビーチャム、テニー　Beauchamp, Tennie　88, 98-99
ビーチャム、テレル（トミーズ・タール）　Beauchamp, Terrel (Tomey's Turl)　88, 98
ビーチャム、ヒューバート　Beauchamp, Hubert　100-102, 108, 119
ビーチャム、モリー　Beauchamp, Molly (Mollie)　11-12, 88, 91, 96-98, 105-106, 109-114, 117, 182
ビーチャム、ルーカス・クインタス・キャロザーズ・マッキャスリン　Beauchamp, Lucas Quintus Carothers McCaslin　88, 95, 99-100, 108-114, 116-117
ヒューストン、ジャック　Houston, Jack　64, 66, 70-73, 78
ファーザーズ、サム（ハッド・トゥー・ファーザーズ）　Fathers, Sam (Had Two Fathers)　89, 93, 102-103, 112, 116, 118
ファーマー、セシリア　Farmer, Cecilia　125, 131-132, 138, 141, 150
フォンシバ　→ビーチャム、ソフォンシバ（フォンシバ）
フランス人建築家　the French architecht　16, 35-37, 40-42, 53, 55
ベンジー　→コンプソン、ベンジャミン
ベンボウ、ホレス　Benbow, Horace　33
ホガンベック、ブーン　Hogganbeck, Boon　84
ポパイ　Popeye　20, 33, 43, 128, 185
ボン、チャールズ　Bon, Charles　37, 39, 55, 82, 94-95, 116, 129

<ま行>
マート　Marthe　173, 176, 180, 185
マーン、ドナルド　Mahn, Donald　20, 181
マクレンドン　McLendon　166
マッキャスリン、アイザック（アイク）　McCaslin, Isaac (Ike)　62, 79, 81-84, 87-95, 97-109, 112, 114-119
マッキャスリン、アモディーアス（アンクル・バディ）　McCaslin, Amodeus (Uncle Buddy)　82, 88, 94-95

シュリーヴ　Shreve　102, 116, 121
スーラット、V・K　→ラトリフ、V・K
スタンパー、パット　Stamper, Pat　69-70, 78, 81
スティーヴンズ、ガワン　Stevens, Gowan　130-131, 141
スティーヴンズ、ギャヴィン　Stevens, Gavin　10, 111-115, 118-121, 128, 143, 182
スティーヴンズ、テンプル・ドレイク　Stevens, Temple Drake　11, 33-34, 43, 123, 125-132, 139-142, 152, 185
スノープス、I・O　Snopes, I. O.　108
スノープス、アイザック（アイク）　Snopes, Isaac (Ike)　62, 64-68, 70-73, 76-77, 79-81, 83-84
スノープス、アブナー（アブ）　Snopes, Abner (Ab)　69-70, 72, 74-75, 81-83
スノープス、バイロン　Snopes, Byron　129
スノープス、フレム　Snopes, Flem　32, 34, 37-39, 60-61, 63, 68, 70-71, 73-81, 83-84, 92, 106-109
スノープス、ミンク　Snopes, Mink　70, 72-73
スノープス、ユーラ・ヴァーナー　Snopes, Eula Varner　32, 37-39, 63-65, 68, 71-73, 77, 84, 119
スノープス、ランプ　Snopes, Lump　65-67, 71, 73
スノープス、リンダ　Snopes, Linda　119
セシリア　→ファーマー、セシリア

＜た行＞
ディルシー　→ギブソン、ディルシー
テニー　→ビーチャム、テニー
テニーズ・ジム　→ビーチャム、ジェイムズ・シュシーダス
伝令兵　runner　51, 161-162, 165, 167, 170, 173, 176, 180
ド・ヴィトリ、シュヴァリエ・スール＝ブロンド　de Vitry, Chevalier Soeur-Blonde　27, 29, 163-164, 166
ドゥーム　→イケモタビー
トマシーナ　Tomasina　88
トミーズ・タール　→ビーチャム、テレル
ド・スペイン、マンフレッド　de Spain, Manfred　38-39
ド・スペイン少佐　Major de Spain　75, 107
トゥーリーマン　→サターフィールド
ドレイク、テンプル　→スティーヴンズ、テンプル・ドレイク
ドレイク判事　Judge Drake　33, 43

＜は行＞
ハインズ夫人　Mrs. Hines　182

エドモンズ、キャロザーズ・マッキャスリン（キャス） Edmonds, Carothers McCaslin (Cass) 87-89, 102-103, 116
エドモンズ、キャロザーズ（ロス） Edmonds, Carothers (Roth) 88, 91, 96-97, 104-106, 109, 111-115, 117, 182
エドモンズ、ザッカリー（ザック） Edmonds, Zachary (Zack) 110

＜か行＞

ギブソン、ディルシー Gibson, Dilsey 106, 117, 141
キャディ →コンプソン、キャンダス（キャディ）
クック、シーリア Cook, Celia 125, 132
グリアソン、エミリー Grierson, Emily 135
クリスマス、ジョー Christmas, Joe 114, 182
グレニア、ルイ Grenier, Louis 40, 42
伍長 corporal 11-12, 43-44, 51, 53, 160-161, 165, 167-170, 172-174, 176, 178-180, 184-185
コールドフィールド、ローザ（ミス・ローザ） Coldfield, Rosa (Miss Rosa) 13, 19, 121
コンプソン、キャンダス（キャディ） Compson, Candace (Caddy) 11, 43, 48, 53, 56, 63-65, 69, 84, 96, 100, 117, 125-127, 140-142, 168, 177
コンプソン、クエンティン Compson, Quentin III 12-13, 27, 39, 43, 56, 63-65, 67-68, 71-72, 74, 81, 84, 92-94, 96-97, 100, 102-104, 106, 114-121, 127, 129, 158, 168-169
コンプソン、ジェイソン Compson, Jason IV 69, 72, 84, 106, 127
コンプソン、ベンジャミン（ベンジー） Compson, Benjamin (Benjy) 64-65, 67-68, 84, 96, 106, 117, 127, 168-169, 177
コンプソン氏 Mr. Compson 63
コンプソン将軍 General Compson 101-102
コンプソン夫人 Mrs. Compson 96, 106

＜さ行＞

サートリス、ジョン（ジョニー） Sartoris, John（Johnny） 25, 169
サートリス、（オールド）ベイヤード Sartoris, (old) Bayard 82-83, 121, 160
サートリス、（ヤング）ベイヤード Sartoris, (young) Bayard 158
サートリス、ナーシッサ・ベンボウ Sartoris, Narcissa Benbow 129
サターフィールド（トゥーリーマン） Sutterfield (Tooleyman) 51-52, 161, 166-168, 178
サトペン、トマス Sutpen, Thomas 35-39, 73, 94, 130
サトペン、ジュディス Sutpen, Judith 39, 94, 116, 129-130
サトペン、ヘンリー Sutpen, Henry 94, 140
シーリア →クック、シーリア

117, 125-127, 141-142
『兵士の報酬』 *Soldiers' Pay* 20, 22, 46, 54, 65, 158, 181, 185
『ポータブル・フォークナー』 *The Portable Faulkner* 10, 55, 106, 124-125, 142, 146, 153, 157
「星までも」 "Ad Astra" 25-26
『墓地への侵入者』 *Intruder in the Dust* 40, 115, 120, 125, 132, 143, 158, 160

＜ま行＞
『町』 *The Town* 38-39, 60, 119-120, 183
『緑の大枝』 *A Green Bough* 20, 54, 66
「みんな死んでしまった飛行士たち」 "All the Dead Pilots" 25-26
「昔あった話」 "Was" 88-89, 97, 108
「昔の人たち」 "The Old People" 93, 103
『村』 *The Hamlet* 9-10, 13, 21, 32, 34, 37-38, 40, 59-65, 68-69, 71-84, 92, 107-109, 118, 146, 151
『メイデイ』 *Mayday* 18, 46

＜や～ら行＞
『館』 *The Mansion* 60, 114, 119-121, 183
『野性の棕櫚』 *The Wild Palms [If I Forget Thee, Jerusalem]* 23, 143, 175
「妖精に魅せられて」 "Nympholepsy" 66
「ライオン」 "Lion" 81-82, 84, 93
「ライラック」 "The Lilacs" 18, 54

［フォークナー作品の登場人物］

＜あ行＞
アームスティッド、ヘンリー Armstid, Henry 77-78, 108-109
アームスティッド夫人 Mrs. Armstid 77
アーント・ジェニー →ミス・ジェニー
アンクル・バック →マッキャスリン、シオフィラス
アンクル・バディ →マッキャスリン、アモディーアス
イケモタビー（ドゥーム） Ikkemotubbe (Doom) 29, 55, 163, 166-167
イッシティベハー Issetibbeha 29-30, 55, 163-164, 166
ヴァーナー、ウィル Varner, Will 37, 63
ヴァーナー、ジョディ Varner, Jody 63
ヴァーナー、ユーラ →スノープス、ユーラ・ヴァーナー

「朽ち果てさせまじ」 "Shall Not Perish" 148
「熊狩り」 "A Bear Hunt" 81
「紅葉」 "Red Leaves" 27, 29-31, 55, 162-164, 166-167, 177
『駒さばき』 *Knight's Gambit* 114, 120
『これら十三篇』 *These Thirteen* 21, 24-27, 29-31, 42, 93, 102-103, 120, 162-163, 166, 171

＜さ行＞
『サートリス』→『土にまみれた旗』
『サンクチュアリ』 *Sanctuary* 9, 20, 25, 31-34, 43, 56, 60, 123, 126-127, 130, 144-145, 151, 185
『自動車泥棒――ある回想』 *The Reivers: A Reminiscence* 183
『死の床に横たわりて』 *As I Lay Dying* 20, 25, 60, 69, 90, 97, 145, 177, 181-182
「肖像」 "Portrait" 54
「勝利」 "Victory" 163, 171
「女王ありき」 "There Was a Queen" 129
「正義」 "A Justice" 93, 102-103, 118, 120
『征服されざる人びと』 *The Unvanquished* 60, 82-83, 94-95, 125, 132, 159-160

＜た～な行＞
「退却」 "Retreat" 82
『大理石の牧神』 *The Marble Faun* 20-21
『父なるアブラハム』 *Father Abraham* 31-32, 35, 60, 62, 76, 78-80, 182
『土にまみれた旗』(『サートリス』) *Flags in the Dust* (*Sartoris*) 19, 32, 51, 60, 80, 108, 135, 158, 169
「デルタの秋」 "Delta Autumn" 98, 101, 103-105, 109, 113, 117, 147
「納屋は燃える」 "Barn Burning" 74-75, 83, 147
『尼僧への鎮魂歌』 *Requiem for a Nun* 9-12, 16, 40-42, 53, 55, 123-126, 128-136, 138-142, 146, 148, 150-152
『ニューオーリンズ・スケッチズ』 *New Orleans Sketches* 23

＜は行＞
『八月の光』 *Light in August* 9-10, 59-60, 97, 114, 145, 160, 181-182
「火と暖炉」 "The Fire and the Hearth" 89, 100, 104, 108, 110, 113-114
『響きと怒り』 *The Sound and the Fury* 7, 9-10, 12-13, 16, 25, 27, 43, 62-65, 67-69, 71, 84, 87, 90, 93-94, 96-97, 106, 118, 125-127, 145, 168-169, 177, 179
『標識塔＜パイロン＞』 *Pylon* 20, 23, 54, 145
「二人の兵士」 "Two Soldiers" 148
「付録――コンプソン一族」 "Appendix Compson: 1699-1945" 43, 45, 48, 55, 96, 106,

南北戦争　7, 9, 18-19, 22, 32, 36, 38-39, 53, 60, 75-76, 80, 82-83, 92, 94-95, 98, 100, 104, 107-108, 110, 114, 116, 131, 158, 160
ニューディール　134
ニュー・アメリカン・ライブラリー（NAL）　New American Library　143-144
ノーベル文学賞　7, 42, 149, 159
ハリウッド　46, 48-49, 143, 148, 157, 171, 175, 183
貧乏白人（プア・ホワイト）　9, 32, 34, 36-38, 60, 74-76, 83, 107-111
ファウヌス（牧神）　17-18, 20, 24, 63, 65-67, 70-72, 76-77
ボーニ・アンド・リヴライト　Boni & Liveright　24, 149
郵便局壁画　10, 126, 134-138
ランダム・ハウス　Random House　32, 89, 144-150, 153, 157
冷戦　7, 9, 12, 144, 149-150, 153, 160
ワーナー・ブラザーズ　Warner Brothers　148, 157

［フォークナー作品］

＜あ行＞
「あの夕陽」　"That Evening Sun"　11, 123, 140-141, 151
『アブサロム、アブサロム！』　*Absalom, Absalom!*　10, 13, 16, 19, 35-39, 41, 55, 59-60, 73, 82, 84, 90, 92-95, 97, 102, 116, 118, 120-121, 123, 129, 140, 158
『操り人形』　*The Marionettes*　17
『行け、モーセ』　*Go Down, Moses*　9-12, 55, 59, 61-62, 79, 81-84, 87, 89-98, 102-104, 106-110, 113-119, 121, 148, 151, 159, 169, 181-182
「行け、モーセ」　"Go Down, Moses"　88, 95-96, 110-111, 113, 117
「ヴァンデー」　"Vendée"　82
「馬には目がない」　"Fool about a Horse"　81
「エミリーへの薔薇」　"A Rose for Emily"　16, 135, 147
『エルサレムよ、我もし汝を忘れなば』　→『野性の棕櫚』
『エルマー』　*Elmer*　23-24, 41
「丘」　"The Hill"　20, 66

＜か行＞
『蚊』　*Mosquitoes*　20, 23, 32, 125, 137, 142
「カルカソンヌ」　"Carcassonne"　27-31, 55, 78, 177
「乾燥の九月」　"Dry September"　147, 166
「亀裂＜クレヴァス＞」　"Crevasse"　27, 31, 162-165
『寓話』　*A Fable*　9-14, 16, 27, 42-45, 49, 51-53, 155-162, 164-185

モアランド、リチャード・C　Moreland, Richard C.　109
モース、マルセル　Mauss, Marcel　66

＜ら・わ行＞
ラッド、バーバラ　Ladd, Barbara　152, 156, 173, 185
リヴライト、ホレス　Liveright, Horace　31, 149
リベラ、ディエゴ　Rivera, Diego　137
リンカーン、エイブラハム　Lincoln, Abraham　80, 85, 182-183
ローズヴェルト、フランクリン・D　Roosevelt, Franklin D.　10, 146-148
ロバーツ、ダイアン　Roberts, Diane　91
ワイルド、オスカー　Wilde, Oscar　17, 23
ワインスタイン、フィリップ・M　Weinstein, Philip M.　91

［事項］

＜アルファベット＞
CBW →戦時図書委員会
FWP →全米作家計画
NAL →ニュー・アメリカン・ライブラリー
WPA →公共事業促進局

＜あ～た行＞
ヴァイキング社　Viking　10, 145-148, 153
オールド・フレンチマン屋敷　16, 31-38, 40, 42, 74, 77-78, 128
軍用文庫　10, 146-147
公共事業促進局（WPA）　Works Progress Administration　40, 133-134, 136, 138, 152
『サタデイ・イヴニング・ポスト』　*Saturday Evening Post*　56, 81-82, 103, 120
セネガル　27, 31, 50-51, 162-166, 178, 183, 185
戦時図書委員会（CBW）　Council for Books at War Time　147-148
全米作家計画（FWP）　Federal Writers' Project　133, 143, 147
第一次世界大戦　8, 18-19, 24-26, 30, 34, 42, 45-49, 51, 53, 80, 148, 155, 157-160, 162, 166, 171, 175, 181, 184
第二次世界大戦　7, 9-10, 53, 92, 105, 118, 124, 142-144, 146-150, 157-158, 160, 183
『ダブル・ディーラー』　*Double Dealer*　22-24, 54

＜な～わ行＞
ナチス　48, 50, 105, 118, 126-127, 141, 148

パウンド、エズラ　Pound, Ezra.　18
バッソ、ハミルトン　Basso, Hamilton　137
ハムリン、ロバート・W　Hamblin, Robert W.　175
バルザック、オノレ・ド・　Balzac, Honoré de　20-21, 31
ビアズリー、A・V　Beardsley, A. V.　18
ヒックス、グランヴィル　Hicks, Granville　184
ビュローズ、スチュアート　Burrows, Stuart　140
ファウラー、ドリーン　Fowler, Doreen　91
フィッツジェラルド、F・スコット　Fitzgerald, F. Scott　8, 15, 17, 42, 44-50, 52-53, 56, 142, 185
　『偉大なギャッツビー』 *The Great Gatsby*　45, 52, 185
　「メイ・デー」 "May Day"　45-46
　『夜はやさし』 *Tender Is the Night*　8, 17, 44-53
フォークナー、ウィリアム・クラーク　Falkner, William Clark　134
フォークナー、エステル　Faulkner, Estelle　34, 135, 152
フォークナー、ジル　Faulkner, Jill　137
フォークナー、マリー・カスバート　Falkner, Murry Cuthbert　19
藤平育子　Fujihira, Ikuko　30, 55
フランクリン、マルカム　Franklin, Malcom　184
ブルックス、クリアンス　Brooks, Cleanth　54, 56, 85, 120-121, 184
フローベール、ギュスターヴ　Flaubert, Gustave　20-21, 54
ブロットナー、ジョーゼフ　Blotner, Joseph　27, 32, 126
ベアード、ヘレン　Baird, Helen　18, 45
ベッカム、スー・ブリドウェル　Beckham, Sue Bridwell　134, 136, 152
ヘニッヒハウゼン、ロター　Hönnighausen, Lothar　18, 177, 185
ヘミングウェイ、アーネスト　Hemingway, Ernest　8, 15, 24, 45, 54, 56, 146
ホイットマン、ウォルト　Whitman, Walt　80, 182, 185
ポーク、ノエル　Polk, Noel　30, 32, 55, 95, 121, 128, 156, 174, 185
ホークス、ハワード　Hawks, Howard　49, 183
ポーター、キャロリン　Porter, Carolyn　97

＜ま行＞

マイケルズ、ウォルター・ベン　Michaels, Walter Benn　56
マクレディ、エドワード　McCrady, Edward　137, 152
マクレディ、ジョン　McCrady, John　137-138, 152
マシューズ、ジョン・T　Matthews, John T.　55, 85, 90-91, 177
マックヘイニー、トマス・L　McHaney, Thomas L.　133
マラルメ、ステファン　Mallarmé, Stéphane　17, 20, 72
ムリヌー、ニコル　Moulinoux, Nicole　41, 55

グレッセ、ミシェル　Gresset, Michel　54
クワンドロー、モーリス＝エドガー　Coindreau, Maurice-Edgar　67
ケイジン、アルフレッド　Kazin, Alfred　14
ケナー、ヒュー　Kenner, Hugh　184
ケネディ、J・ジェラルド　Kennedy, J. Gerald　56
コーエン、フィリップ　Cohen, Philip　54
ゴーティエ、テオフィル　Gautier, Théophile　21
ゴドン、リチャード　Godden, Richard　95, 156, 184
コミンズ、サックス　Commins, Saxe　144, 147, 149, 153
コリンズ、カーヴェル　Collins, Carvel　46

＜さ行＞

サーフ、ベネット　Cerf, Bennett　144-145, 147-149, 153
サルトル、ジャン＝ポール　Sartre, Jean-Paul　16
サンドクィスト、エリック・J　Sundquist, Eric J.　115
シュウォーツ、ローレンス・H　Schwartz, Lawrence H.　143-144
ジョイス、ジェームズ　Joyce, James　24, 149, 184
シンガル、ダニエル・J　Singal, Daniel J.　18
スウィンバーン、A・C　Swinburne, A. C.　18, 54
スタイン、ガートルード　Stein, Gertrude　24, 26, 45
スニード、ジェイムズ・A　Snead, James A.　90, 92
スプラトリング、ウィリアム（ビル）　Spratling, William　23-24
スミス、ハリソン　Smith, Harrison　34
スレイトフ、ウォルター　Slatoff, Walter　174
諏訪部浩一　56, 119
ゼンダー、カール・F　Zender, Karl F.　152

＜た行＞

ディアギレフ、セルゲイ　Diagilev, Sergei　24, 54-55
デイヴィス、サディアス・M　Davis, Thadious M.　91
ドナルドソン、スーザン・V　Donaldson, Susan V.　91
トリリング、ライオネル　Trilling, Lionel　88

＜は行＞

バー、キャロライン　Barr, Caroline　114
ハース、ロバート・K　Haas, Robert K.　120, 144, 148-149
バーバ、ホミ・K　Bhabha, Homi K.　177, 179
ハウ、アーヴィング　Howe, Irving　184
ハウスマン、A・E　Housman, A. E.　18, 20

◉ 索 引 ◉

・本文および注で言及した人名、媒体名や団体名・歴史的事項等、フォークナー作品、及びフォークナー作品の登場人物をそれぞれ配列した。

［人名］

<あ行>
アーウィン、ジョン・T　Irwin, John T.　116, 156
アーゴー、ジョーゼフ・R　Urgo, Joseph R.　61-62, 156, 173
アンダソン、シャーウッド　Anderson, Sherwood　22-24, 80, 85, 137
インジ、トマス・M　Inge, Thomas M.　56
ウィリアムズ、ジョーン　Williams, Joan　124, 135
ウェイブライト、ヴィクター　Weybright, Victor　144, 153
ヴェルレーヌ、ポール　Verlaine, Paul　17, 20
エリオット、T・S　Eliot, T. S.　18, 20, 185
大地真介　119
オーバー、ハロルド　Ober, Harold　45, 121
大橋健三郎　Ohashi, Kenzaburo　62
大和田英子　Owada, Eiko　28, 55

<か行>
カーティゲイナー、ドナルド・M　Kartiganer, Donald M.　184
カウリー、マルカム　Cowley, Malcom　55, 106, 118, 124-125, 142, 146, 153, 157
金澤哲　157, 184, 186
カミュ、アルベール　Camus, Albert　14
キーツ、ジョン　Keats, John　132
キニー、アーサー・F　Kinney, Arthur F.　54
ギンズバーグ、ハロルド・K　Guinzburg, Harold K.　145-148
グリッサン、エドゥアール　Glissant, Edouard　54
グリムウッド、マイケル　Grimwood, Michael　85, 159, 172

［著者］

田中　敬子（たなか・たかこ）

名古屋市立大学人文社会学部名誉教授。

専攻はアメリカ文学。

著書に『フォークナーの前期作品研究――身体と言語』（開文社出版）、『ウィリアム・フォークナーと老いの表象』（共著、松籟社）、*William Faulkner in Context*（共著、Cambridge UP）などがある。

フォークナーのインターテクスチュアリティ
——地方、国家、世界

2023年 1月20日　初版第1刷発行　　定価はカバーに表示しています

著　者　田中　敬子

発行者　相坂　一

発行所　松籟社（しょうらいしゃ）
〒612-0801　京都市伏見区深草正覚町 1-34
電話　075-531-2878　振替　01040-3-13030
url　http://www.shoraisha.com/

印刷・製本　モリモト印刷株式会社
装幀　西田優子

Printed in Japan

 ISBN978-4-87984-434-7　C0098

松籟社　アメリカ文学関連既刊

ウィリアム・フォークナーの日本訪問

相田洋明 編著 ／ 梅垣昌子、山本裕子、山根亮一、森有礼、越智博美、松原陽子、金澤哲 著

四六判上製・二四〇頁・三〇〇〇円＋税 ［978-4-87984-430-9 C0098］

敗戦後十年となる一九五五年、ノーベル賞作家ウィリアム・フォークナーが来日し、作家・文化人や英米文学研究者、一般市民と交流した。戦後日本の文化史において重要な位置を占めるこのイベントは、冷戦期アメリカの文化外交の一環に他ならなかった。文化と政治が交錯する焦点となったフォークナー訪日、その意味と影響を改めて検討する。

ウィリアム・フォークナーと老いの表象

金澤哲 編著／相田洋明、森有礼、塚田幸光、田中敬子、梅垣昌子、松原陽子、山本裕子、山下昇 著

四六判上製・二八八頁・二五〇〇円＋税 〔978-4-87984-345-6 C0098〕

その作品中で数多くの老人を描いたウィリアム・フォークナー。それら「老い」の表象に注目し、作家自身の「老い」とも関連づけながら、フォークナー研究の新たな可能性を探る。

フォークナー、エステル、人種

相田洋明 著

四六判上製・二六四頁・二〇〇〇円＋税 〔978-4-87984-355-5 C0098〕

フォークナーを人種テーマへと向かわせたものは何か。後に妻となるエステルとの共作、及び彼女の作品の分析を通じてこの問いに応えるエステル論はじめ、フォークナー読解に新視点を導入する論考群。

アメリカ文学における「老い」の政治学

金澤哲 編著 ／ 里内克巳、石塚則子、Mark Richardson、山本裕子、塚田幸光、丸山美知代、
柏原和子、松原陽子、白川恵子 著

四六判上製・三二〇頁・二四〇〇円＋税 ［978-4-87984-305-0 C0098］

「老い」は肉体的・本質的なものでなく、文化的・歴史的な概念である。——近年提示された新たな「老い」概念を援用しながら、「若さの国」アメリカで、作家たちがどのように「老い」を描いてきたのかを探る。

ヘミングウェイと老い

高野泰志 編著 ／ 島村法夫、勝井慧、堀内香織、千葉義也、上西哲雄、塚田幸光、真鍋晶子、
今村楯夫、前田一平 著

四六判上製・三三六頁・三四〇〇円＋税 ［978-4-87984-320-3 C0098］

いわば支配的パラダイムとなっている「老人ヘミングウェイ」神話を批判的に再検討する。ヘミングウェイの「老い」に正当な関心を払うことで見えてくるのは、従来とは異なる新たなヘミングウェイ像である。

テクストと戯れる——アメリカ文学をどう読むか

高野泰志・竹井智子 編著　／　中西佳世子、柳楽有里、森本光、玉井潤野、吉田恭子、島貫香代子、杉森雅美、水野尚之、四方朱子、山内玲 著

四六判上製・三四四頁・二五〇〇円＋税　［978-4-87984-401-9 C0098］

様々な時代／作家のアメリカ文学作品を対象として、各筆者がそれぞれの方法でテクストに対峙する。テクストの内外を往還しながらなされる多彩なテクストとの戯れ合いから、浮かび上がってくるものとは。

精読という迷宮——アメリカ文学のメタリーディング

吉田恭子・竹井智子 編著　／　高野泰志、中西佳世子、島貫香代子、舌津智之、杉森雅美、森慎一郎、伊藤聡子 著

四六判上製・三四四頁・二五〇〇円＋税　［978-4-87984-381-4 C0098］

文学研究の基本と見なされている「精読」。しかしそれがどんな営みなのか、共通理解は存在しない。「精読」の名の下になされる多様な実践のありようを確認しつつ、迷宮にあえて足を踏み入れ、その魅力を追求する。

物語るちから――新しいアメリカの古典を読む

新・アメリカ文学の古典を読む会 編　／　亀井俊介、中垣恒太郎、水口陽子、森有礼、森岡隆、山口善成、渡邊真由美 著

A５判上製・二八八頁・二八〇〇円＋税　［978-4-87984-410-1 C0098］

二〇世紀初頭から現代までを十年単位で区切り、それぞれの十年間を反映しているアメリカ文学作品を一冊選出。現代の視点からそれらを読み直し、一九〇〇年から今日までのアメリカとアメリカ文学を展望する。

下半身から読むアメリカ小説

高野泰志 著

四六判上製・四〇八頁・二八〇〇円＋税　［978-4-87984-362-3 C0098］

視線と欲望、女性のセクシャリティ、身体性といった観点から数々のアメリカ小説を読み直し、男性作家たちが（そして同時代の読者も）内面化していた、男性性に基づいた価値観を、そしてその変遷をあとづける。

アーネスト・ヘミングウェイ、神との対話

高野泰志 著

四六判上製・二六四頁・二四〇〇円＋税 [978-4-87984-334-0 C0098]

ヘミングウェイの生涯続いた信仰をめぐる葛藤を、いわば神との挑戦的な対話をたどり、ヘミングウェイ作品を読み直す試み。

境界を持たない愛――ヘンリー・ジェイムズ作品における同性愛をめぐって

斎藤彩世 著

四六判上製・二九六頁・二五〇〇円＋税 [978-4-87984-376-0 C0098]

「同性愛」をめぐるパラダイムが激変する時代に生きたH・ジェイムズ。異性愛やきょうだい愛、親子愛と重ねあわせつつ描かれる「同性愛」表現の多様性に注目しつつ、ジェイムズの主要作品を読み直す。